凝煉知識 品味閱讀

話解易經（上經）

目錄

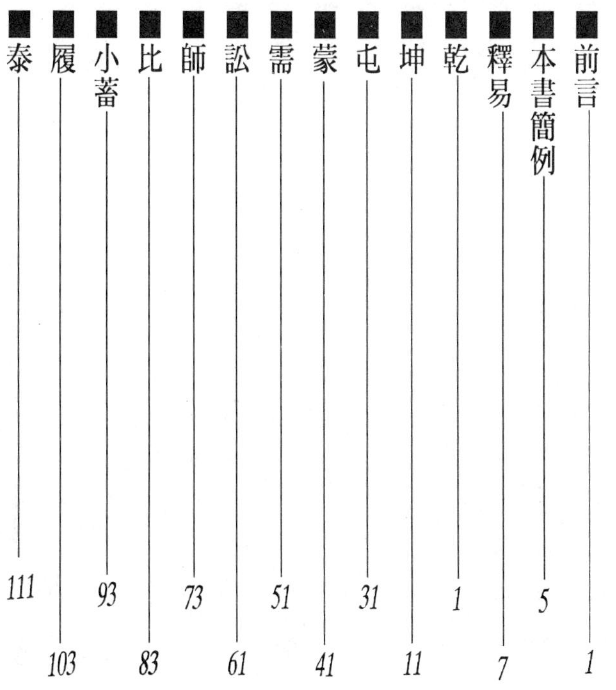

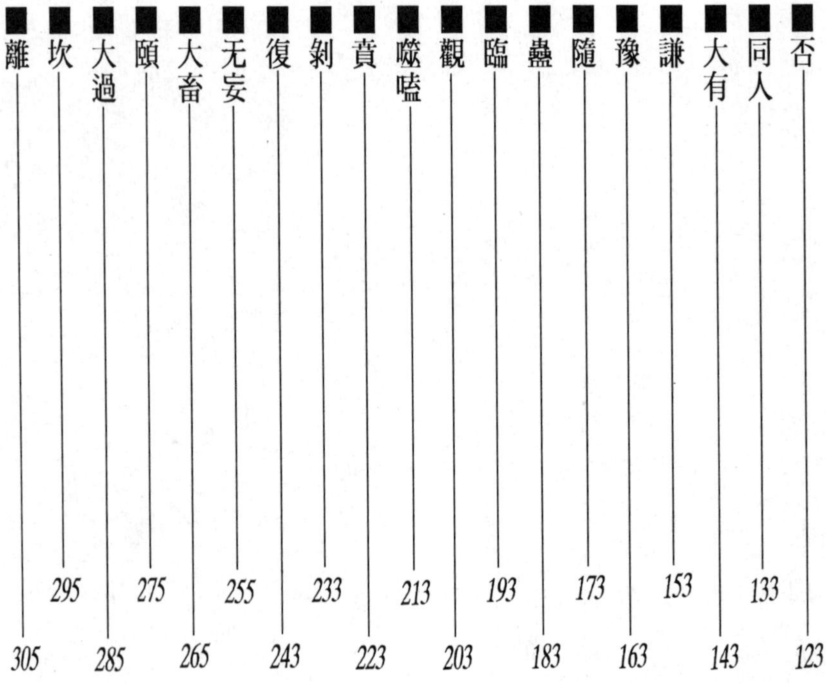

《前言》以新視野看待——易經

劉瀚平

當前國際國內都掀起了《易經》熱，這本冠居群經之首的東方文化源頭活水，正受到海內外學者的廣泛關注和開掘。

過去這門學問的傳統研究流派有：

一、義理派：著重從卦名的意義和卦的德行解釋經文，注重闡發其中義理，屬於義理學派。

二、象數派：著重從陰陽奇偶之數、九六之數，大衍及天地之數、卦爻象以及八卦所象徵的物象來解說《易經》文義的，屬於象數學派。

在人看來，自然界千奇百態的各種現象和社會人生的生、老、病、死等各種事情，都是變化不定、神秘莫測的。出於生存的實際需要，人們十分關注和迫切需要知道知己行爲的預期結果，於是易占便成了指導人們行動的準則和指南。

透過一套蓍草占筮的推演程序，得出一系列的數（參考拙著《周易闡眞導論》卜筮章），再根據聖人所規定的由數向卦的轉換方式，將這些數變成卦，形成了八八六十四卦，三百八十四爻。

將六十四卦解剖開來，都是由八個基本卦（稱經卦）重疊而成的。即☰（乾）☱兌☲（離）☳（震）☴（巽）☵（坎）☶（艮）☷（坤），這是易經取象思維的基本符號。

卦象作爲一套直觀的形式化系統，它具有巨大的包容性和不可窮盡性。象在易中的表現是一個以「⚋」陰「⚊」陽兩爻爲基本構材的符號系統，而這一符號系統所代表的物象是極豐富的，具有最普遍的解釋功能。

對象、數、占（義）作全面的闡釋和發揮，這是易經研究的焦點，《易經》以數立卦，以卦象、爻象判斷吉凶，是象數之學，而引申並發揮其中重要思想，使它上升爲比較系統的哲學，就屬義理之學。這是二而一，一而二的。

《易經》的重要功能，就是企圖借助於象數和占辭的結構，在觀念上把握事物和人類生活中的一切變化，也就是要求學易的人自覺地以變易作爲思維模式來觀察世界的繁複、流通和變化，可以以簡御繁，去視察世界，認識自我。

由於歷代易學家和思想家，解釋《易經》時，往往援用當時的哲學思想，社會、政治、倫理觀點，以及科學、宗教、文藝等知識和理論，易學又成了中華文化和學術的軸心。《易經》已被引入社會生活的各個方面，包括天文、地理、算術、煉丹術等自然科學領域。僅《四庫全書》著錄就有三百九十部，二千三百七十一卷，令人望洋興嘆！

《四庫全書》編者總結了易學的歷史之後又說道：

易道廣大，無所不包。旁及天文、地理、樂律、兵法、韻學、算術、以逮方外之爐火，皆可援易以為說，故易說愈繁。

但《四庫》的編者以為，這些都僅是「易之一端」，「非其本」。所謂「本」，就是天道人事，即一般的生活道理。

《四庫》編者慨嘆這些說法繁雜不經，但未能做出進一步解釋。只有到了近代，學者們用新的世界觀看待《易經》，才使易學研究發生了根本轉變。用新的世界觀去看待《易經》，我們可以發現它們與我們的傳統文化及人生生活有極為密切的關聯，現代研用流派有：

一、「預測學」派：從預測中知道趨吉避凶，避禍求福，進一步教人懂得「是非得失」的道理，使占卜者自我反省其行為的善惡，不存僥倖之心，不怨天尤人。

二、「人生學」派：主題在探討人在宇宙中的地位以及人之所以爲人的本質。周易六十四卦，每一卦代表一種時，這種時是總攬全局，每一個行動都受到這種一時的大義支配，人生學派，著眼點在於統照客觀環境和人處境的發展變化，來全面地評價人的行爲是否恰當？並追求一種相對的合理性。

近年來我在易學方面相繼出版了《宋象數易學研究》《周易闡眞導論》專門性著作，又在希代出版社發行了《易經也解風情》、《生活易經》大眾化作品，受到讀者的喜愛和迴響。陸續接到讀者來函，希望能提供他們一個更爲簡要、通俗的《易經》讀本，於是才考慮將這本書作了全面性的修訂增補；一面給自己將屆不惑之年的一張成績單，一面也希望能給讀者一個交待，至於這本書的重新刊行，當要感謝五南圖書出版公司楊董事長榮川先生，才使得本書得以再世。

丙子年孟春　劉瀚平謹序

《本書簡例》

一、《易經》版本頗多，本書以阮刻《十三經注疏》本《周易正義》爲底本，偶有校改處則注明依據，爲還原經自爲經，釋經的傳文全刪，僅留《大象傳》以補充說明六十四卦卦象。

二、本書內容主要包括經文〈原文〉、〈譯文〉、〈釋卦名〉、〈釋卦辭〉、〈釋大象傳〉、〈釋爻辭〉、〈各卦義疏〉。

三、遇原文中有疑難的字音、詞義、文理，需要注釋則置於〈譯文〉之後的〈釋文部分〉，目的在使譯文通暢明白。

四、本書的注釋，不敢有成見，對前賢舊說擇善從之，但體例及說解則據劉一明之《周易闡眞》一書，目的在使讀者有一象數學的主軸可循。劉說有未當或思想侷限者，常有稍作刪節更易，參考舊說，更發明新義。

五、〈釋卦名〉部分，據文字學、聲韻學說明卦名取義及卦名引申義，助於了解各卦之意函。

六、〔釋文〕部分，根據各卦、爻、章、節的理解需要而作，隨譯文附敍，詳略不拘，旨在補充〔譯文〕之所未及。

七、〔各卦義疏〕部分，總論各卦所象徵的意義，並分六爻不同階段的時、位、態勢，說明人、事、物的生機變化。

八、本書各卦都附有一圖，僅提供讀者閱讀的參考。

九、書首置前言、簡例、概說，供說明。

釋易

「易」是一個懸之兩千多年的疑案。一般定形的通用古文字形多作：

□　□甲　□艅尊　□盂鼎　□

稍晚更作　□毛公鼎　□齊鎛

篆文相沿作□　□於是漢儒就以爲像有足的動物之形。說文「蜥易、蝘蜓、守宮也，象形。秘書說：『日月爲易，象陰陽也。』」。

我們看到稍晚金文的□時，也確令人疑像動物。

後來才發現早期金文作□而不作□，這□形離爬蟲形太遠，頗令後學迷惘。但以□形太簡晦，實不能由此窺測物像，直到近些年出土的《德段》的□　□時才算初步揭穿了這個啞謎。把兩千年學者不識的字形，顯露出眞相。原來這些□　□形，只是截取了□　□形的局部之形。即

□—□　□—□

□形不但字形鮮明，而且文義確定。

文曰：「王□德貝廿朋」

因而郭沫若當時就指出，這是漢字由繁而簡的過程，頗有見地，非一般學者所及。

然而就□形看來，它只能表示這器中有水。最多不過用：　：形表示這器中的水不是靜止的，即將外溢而已，不見人的操作—所加的外力。因而作爲「錫」「賜」的用法，字形上仍欠鮮明完整，疑非初文。

後來證明以上的研究結果，只能說明易字的古今演變過程的後半段，並非全部，所以還不能算全部解決疑竇。

實際的古文字形中是有著比□之形更爲完整鮮明的初文在，那就是：

甲、七四三

像從一器向另一器中傾注液物之狀。（上舉德毀的字形，便是此形的部分，只取此形中的一器之形，這叫做形的「省文」。）但此形仍不是初文（原始之形）因爲初文應不會自動傾注之狀。不過藉助於此，我們就較易看懂它的初文。

原文反書　　甲七四三不釋

原來是作雙手捧，向另一中傾注液體之狀。這樣可算形完意足，鮮明肯定的。

形中，雙手所捧的注水器與一般字形中所用器及殷銅器不同，疑是史前的陶器，參見下圖

河南淅川下王岡出土的陶器

金文中亦見　　尊文　　陝銅三・八三

文曰：「史喪作丁公寶彝孫子其永」由文義而言或轉爲「益」。

這是叫觀者易於理解的原始字形，看到這裡，才能使人大澈大悟，我們綜合上述諸形，把它補全，復原爲：□從這初文的源頭流下時，即首先省去雙手形（這是古文簡化的通例之一），再就省去被注水之器皿，只餘一注水器皿之□（即德殷之文）。由□□再省，即後來通用的□□。其直接變化即：

而稍全面的變化，分化則略如左表：

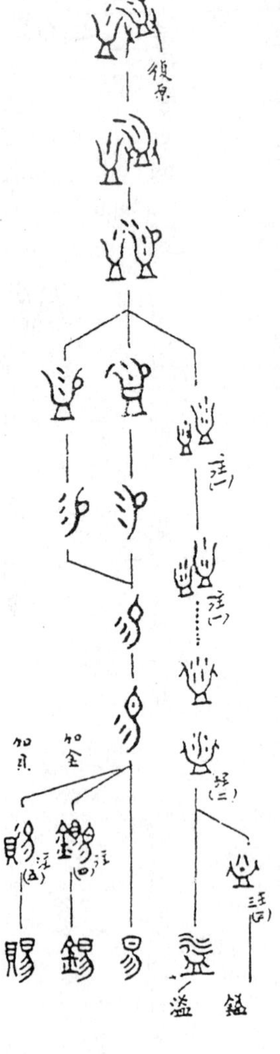

注：一、見甲、二二二七頁誤譯謚。
二、甲、二二二七舊釋益。
三、盠方彝　旻成侯鐘以爲鎰字。
四、曾伯簠。
五、庚壺。

甲骨文的□□金文作□□（舊同釋爲「益」。它的初文像水滿□中，表示滿溢之益，意、聲都與易字相近。但古文有別，似又不通。

（近人每惑於許慎「嗌，古文作□，象人頸脈理之說，遂誤以□爲益。按此□形乃「泉」文□—□，亦即古文□燕形之訛，晚周或曾供燕爲嚥嗌字，實與「益」字形意無干。）

從這裡我們可以看清古文字的簡化的一個典型，以及甲骨文的流行期二百多年間的激烈簡化情形。它也可使「古文皆簡」的傳統謬說，不攻自破，雖然迄今仍有很多學者實際上依然信奉此說。

「易」這個字，表現出下述多種意義：

一、由用一盛水器傾注它器中之狀，可表現「給予」引申爲賞賜之意。即後來經傳中的「錫」、「賜」的本字。後來加上貝作「賜」，加金作

「鍚」：因爲貝、金都是商周王常常用以賞賜臣下之物，金文表示器皿中盛有鬯酒（古祭祀用的香酒，據說用黑色的黍加鬱金草釀制而成）來賞賜人；

二、由傾注水，發生兩器中盛水量的變化－「裒多益寡」，「稱物平施」引申而泛指一切事物的「變化」、「轉易」、「交換」等；

三、由被注的空器來說，注水之後水量增加，因而有「增益」之意，通字書所謂「饒也」、「加也」的益字。（這種字形後或又省　形爲　甲二二七釋益）傾注的動態雖失，然由二器的大小迥異，高下不同，盛水量亦不同的比較，令人不難明白其「變」、「增」之意。

四、從兩杯象形所示的斟酌，「易」名應解釋爲：

「從普通意義上斟酌探討與把握事物變化規律的意思。」

至於《易經》乃後人推崇而加上去的尊稱，以昭其經天緯地之功。

當然，漢代以日月而喻陰陽變易，從而論述「易」理的用心是可以理象的；許慎說：「日月爲易，象陰陽也。」，魏伯陽《參同契・乾坤設位章》所謂「

日月爲易，剛柔相當」句，正是以「剛柔」對應「日月」的詞句結構；剛柔者陰陽也，相對於「日月」之「爲易」，實爲「變易」之義了。

《繫辭》所說的「懸象著明，莫大乎日月」的「日月」，也僅是取其陰陽之意。因爲它所說的「象」即『《易》者象也，象者像也』。

像是人眼中感受到的象。須知，古文字的「日」是「☉」，月是「☽」；在古文字裡「日」「月」相合的字只有「明」—懸象著明。「明」的甲骨文是☉☽或☾☉，恰是日月交輝之狀！這已不是「易」初文原意的意思了。所以《繫辭》說「日月之道，貞明者也」。又說：「日往則月來，月往則日來，日月相推而明生焉。」足證「易」的本義並非「日」「月」，而是兩杯象形所示的斟酌。

陰陽

《易經》的卦形基本符號只有兩個，陽用「⚊」表示，陰用「⚋」表示，「⚊」代表陽爻，「⚋」代表陰爻，八卦，六十四卦就是用這兩種一連一斷的陰陽符號重疊組合而成的。整部《易經》是用陰陽兩個對立的範疇，相摩相蕩而形成無窮的變化。沒有陰陽的對立，就看不到易象的變化，在易的世界（天道與人事）在本質上也就是陰陽兩種勢力的相互制約和相互消長。因此，可以說易卦肇端於陰陽，或者說易卦產生和形成的基礎在於陰陽。

自然界或人類社會中的一切對立物象，如天地、男女、晝夜、炎涼、上下、勝負、君臣、夫婦等等，乃至於開合、是非、剛柔、得失、吉凶，現代科學中的正電負電，正數負數的概念也相通。

《莊子》：「《易》以道陰陽。」《繫辭傳》：「一陰一陽之謂道。」精煉地概括《易》理本質，朱熹說：

天地之間無往而非陰陽；一動一靜，一語一默皆是陰陽之理。

（《朱子語類・讀易綱領》）

這句話，可以作爲《易經》「陰陽」喻象貫穿全書的注解。

太極兩儀

太極兩儀說又稱太極陰陽說。這一學說是由《繫辭傳》提出來的。它是關於八卦的產生這一問題的最早的一種學說。《繫辭傳》說：

易有太極，是生兩儀。兩儀生四象。四象生八卦。八卦定吉凶。吉凶生大業。

這是論述八卦形成問題的基本命題。

所謂「太極」，是陰陽未分的一種原始「渾沌狀態」。其實太極也就是一畫，這一畫之中包含陰陽。原來陰陽渾然不分，所謂「陰與陽在太極之中，本是一氣」（魏荔彤《大易通解》），我們可以理解爲「⚊」與「⚋」兩畫的重合。但又「要知道陰陽是兩非兩，是一非一。」（仝上《周易像象述》）人們爲了思維的需要，判兩而爲「兩儀」。這所謂「兩儀」，只是人們心目中的「兩儀」，因爲陰陽無不同時存在，即一中有二，二實爲一。我們平時把人分爲男人女人，並以男代表陽，女代表陰，則只是一種通俗的說法。其實男人本身即包陰陽，女人本身也包陰陽。這是陰陽的大義。

太極也是一種觀念的實體，一些思想家把「太極」解作「理」，認爲它是一種先驗的超現實的精神實體。《繫辭上傳》說：「一陰一陽之謂道」，這一命題可以說是「太極生兩儀」，就是「太極分而爲陰陽，而陰陽之合就是「道」，可見「太極」和「道」是同義詞，兩者在本質上是一致的。

《繫辭傳》認爲：太極分化而生出陰和陽。這一過程見圖一。

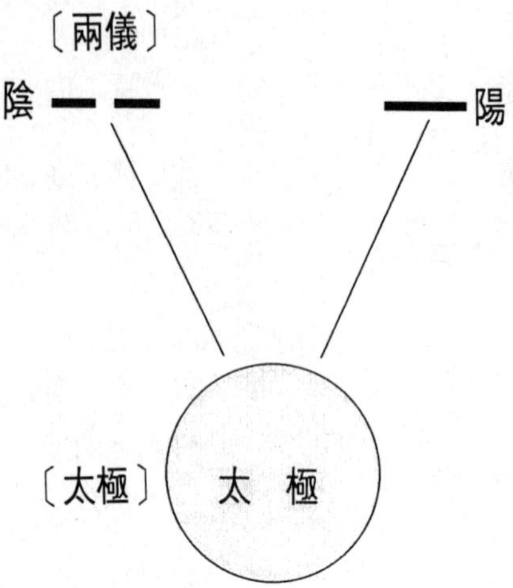

〔兩儀〕
陰
陽
〔太極〕
太極

【圖一】

兩儀生四象

所謂「四象」，就是太陽、少陰、少陽、太陰。

《繫辭傳》認爲：兩儀進一步分化而生出太陽、少陰、少陽和太陰。這一過程見圖二

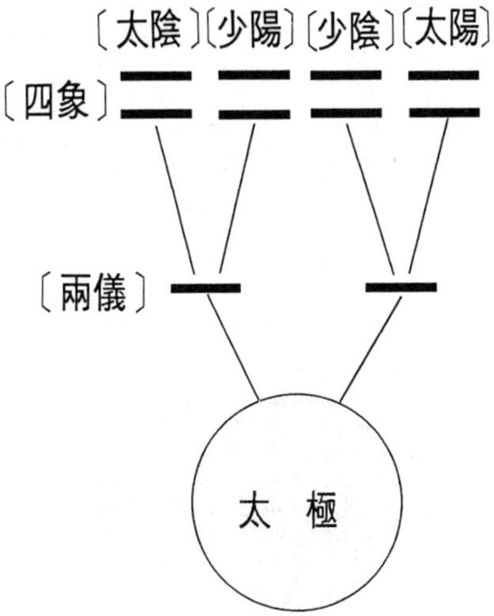

〔太陰〕〔少陽〕〔少陰〕〔太陽〕
〔四象〕
〔兩儀〕
太極

【圖二】

八卦

以陰「⚋」陽「⚊」符號疊而成的八種三畫卦形，稱爲「八卦」（《周禮》稱「經卦」）。八卦各有一定的卦形、卦名、象徵物。

宋朝的朱熹根據八卦卦象的特徵，編寫一首「八卦取象歌」：

☰乾三連　☷坤六斷
☳震仰盂　☶艮覆碗
☲離中虛　☵坎中滿
☱兌上缺　☴巽下斷

記住了這個歌訣，也就把握了八卦卦象的特點。

《先天八卦次序圖》解

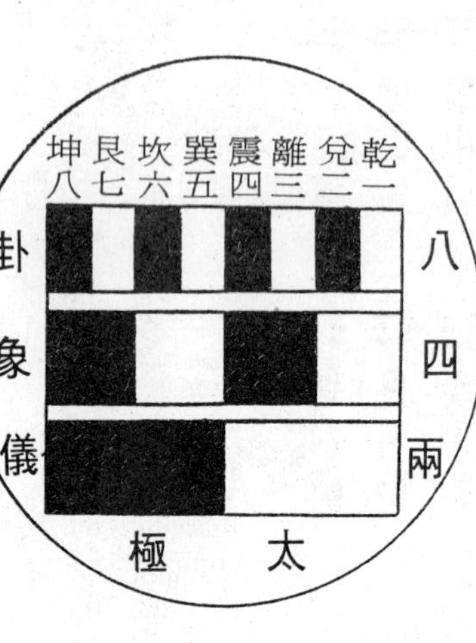

「一分爲二，二分爲四，四分爲八。」（邵雍《皇極經世》）

「易有太極，是生兩儀，二儀生四象，四象生八卦。」（《易・繫辭傳》）

「乾一，兌二，離三，震四，巽五，坎六，艮七，坤八。」（邵雍《皇極經世》）

先天八卦次序圖是邵雍所說的加一倍法，八經卦和六十四別卦均按加一倍來演變出來的。自然界一陰一陽相交，生出八卦，二儀爲卦的初爻，四象爲卦的二爻，八卦爲卦的第三爻。這樣八經卦由三爻組成。

從圖中可以看出：乾一、兌二、離三、震四、巽五、坎六、艮七、坤八的卦次數是符合自然發展規律的。

《先天八卦圖》解

「天地定位，山澤通氣，雷風相薄，水火不相射，八卦相錯。數往者順，知來者逆；是故，易逆數也。」

「雷以動之，風以散之，雨以潤之，日以烜之，艮以止之，兌以悅之，乾

以君之，坤以藏之。」（《易．說卦傳》）

《說卦傳》這二節說明：乾卦象徵天，坤象徵地，天高地低，乾、坤兩卦的位置就定下來了。（《周易》八卦的方位與我們今天所用的地圖的方位正相反。古人通過對自然界的觀察，形成了南高北低的觀念，即以太陽升起的高低爲準）。艮象山，兌象澤，山上的水流下來，流到澤裡，然後蒸發成雲，通過下雨的方式，再由山上流下來，相互影響補充。震象雷，巽象風，相互鼓動、激勵。坎象徵水，離象徵水，使水火相互爲用。天地、山澤、風雷、水火，相互交錯，萬物的變化均包羅在其中。宇宙之中的事物，是按照一定順序發展的，順推可以了解過去，反推可以預測未來。由於《周易》屬於占筮（預測）書籍，其預測是主要的。所以說《周易》是逆數。

震雷鼓勵萬物，巽風使陰氣散發。坎水滋潤著萬物，離爲太陽照耀萬物。艮象山可以起到制止萬物的作用，兌爲悅可以調整陰陽。乾天主宰萬物，坤地包藏萬物。各有其獨特的功能，互相協調，使宇宙保持一定範圍內的生態平衡。

宋代學者傳承的《先天八卦圖》說明了《說卦傳》這兩節的內容。

八卦分爲四組，即：乾坤、艮兌、震巽、坎離。從卦形上看，四對卦的卦形均爲錯卦，即每一爻的陰陽是相錯的。例如：乾☰，三爻全爲陽爻。坤☷，三爻全爲陰爻。再如：離☲，初、三爻爲陽爻，二爻爲陰爻。坎☵，初、三爻爲陰爻，二爻爲陽爻，即爲錯卦。「八卦相錯」就是這個意思。

「數往者順，知來者逆。」二句，各家的解釋不同，邵雍認爲：八卦相交錯而成六十四卦，順天左旋是已生之卦，順天右行是未生之卦（左旋：震離兌乾，右旋：巽坎艮坤），所以說「數往者順，知來者逆」（《周易折中》引）。項安世認爲：「天地定位」一段，即八卦已成之后，對而數之，順數道理已經明白，就是「數往者順」；「雷以動之」一段，是八卦始畫的時候，左右對面、上下逆生排列，故此說「知來者逆」。（《周易玩辭》）

古代聖人對自然界的仔細觀察，認爲對地球影響最大的莫過於天象和地形。天象以木、火、土、金、水五大行星爲主，結合三垣（紫微、太微、天市）、二十八宿，按照時間、方位來總結其運行規律。二十八宿分布在天球黃道圈上，古人把它們分爲四方，共爲365.25度，每日行走1度。天球黃道圈上的夏至點即先天八卦的乾位置，冬至點即坤的位置。這就是先天八卦畫卦的基礎之一，所謂「先天八卦豎起看」。黃河流域是我國文化發祥地之一，處在這個位置上，可以看到與先天八卦方位比較一致的自然界現象。如南高北低（指太陽），水向東流，太陽從東方升起，西北多山，東南多湖泊，西南風較多，東北方的雷比較多等等。

先天八卦記錄了宇宙間的各種形體和現象，說明了這個空間具備了一定的條件與因素，人類生活在這個空間裡，按照自然運動規律辦事。

古代人以先天八卦配合五行（木、火、土、金、水）、時間（干支）、方位，對生產、治病等方面進行推算。

《後天八卦次序圖》解

乾　父（震 坎 艮）			坤　母（巽 離 兌）		
☳	☵	☶	☴	☲	☱
震爲長男得乾初爻	坎爲中男得乾中爻	艮爲少男得乾上爻	巽爲長女得坤初爻	離爲中女得坤中爻	兌爲少女得坤上爻

「乾天也，故稱其父；坤地也，故稱其母；震一索而得男，故謂之長男；巽一索而得女，故謂之長女；坎再索而得男，故謂之中男；離再索而得女，故謂之中女；艮三索而得男，故謂之少男；兌三索而得女，故謂之少女。」（《易‧說卦傳》）

乾象徵天，在人倫中象徵父親；坤象徵地，在人倫中象徵母親；「索」是求的意思。坤交於乾，坤的下爻變陽，就成為震，故曰長男；乾交於坤，乾的下爻變為陰，就成為巽，故曰長女；坤二交于乾，坤的中爻變為陽，就成為坎，故曰中男；乾二交于坤，乾的中爻變成陰，就成為離，故曰中女；坤三交于乾，坤的上爻變為陽，就成為艮，故曰少男；乾三交于坤，乾的上爻變為陰，就成為兌，故曰少女。這樣後天八卦的次序就產生出來了。

後天八卦的次序是從先天卦傳演變而來的。先天八卦為基礎，後天八卦為實用。後天八卦次序，以人倫的角度生動地表現了八卦的陰陽相交互生的關係。

《後天八卦圖》解

「帝出乎震，齊乎巽，相見乎離，致役乎坤，說言乎兌，戰乎乾，勞乎坎，成言乎艮。」（《易·說卦傳》）

「帝者，天地之主宰。」（朱熹《周易本義》）

後天八卦圖，以自然界的季節爲主，並配以方位，說明了一年運轉的過程，也是遠古人類生活起居的寫照。

春天是萬物生長（農作物）的開始，也即「春雷一聲響，萬物始發生」的意思，用震卦表示。立夏時，萬物都長得整齊了，用巽卦表示。夏至的時候，是太陽升得最高的時候，萬物都受到陽光的照射，互相都可以見到，用離卦表示。立秋的時候，也是最辛勤勞累的時候，用坤卦表示。到了秋分的時候，也就是到了收穫季節，人們的心情是非常喜悅的，用兌卦表示。到了立冬的時候，是統治者互相發動戰爭，搶奪豐收果實的時候，也是人類最難以生存的時候，用坎卦表示。直到立春時，天氣始暖，一冬的時間終於過去了，新的生機又要開始了，用艮卦表示。

「帝」是古人類對自然界的一種崇拜之稱。因為自然界的變化，是影響人類生活的主要因素，人類無法抗拒自然界的各種力量。

後天八卦是以天球赤道為基準而畫卦的。太陽一年往返於南北回歸線一次，對地球產生了季節性變化。後天八卦以坎、離、震、兌四正卦為用，以表示季節的明顯對比來說明人類生存環境中的自然運動規律，並說明了《周易》取法自然的內涵。

○乾為天　澤天夬　火天大有　雷天大壯　風天小畜　水天需　山天大畜　地天泰

天火同人　澤火革　○離為火　雷火豐　風火家人　水火既濟　山火賁　地火明夷

天風姤　澤風大過　火風鼎　雷風恒　○巽為風　水風井　山風蠱　地風升

天山遯　澤山咸　火山旅　雷山小過　風山漸　水山蹇　○艮為山　地山謙

天澤履　○兌為澤　火澤睽　雷澤歸妹　風澤中孚　水澤節　山澤損　地澤臨

天雷无妄　澤雷隨　火雷噬嗑　○震為雷　風雷益　水電屯　山雷頤　地雷復

天水訟　澤水困　火水未濟　雷水解　風水渙　○坎為水　山水蒙　地水師

天地否　澤地萃　火地晉　雷地豫　風地觀　水地比　山地剝　○坤為地

周易經文六十四卦

易經序卦傳對於六十四卦的次序作了說明，朱熹據此作了《上下經卦名次序歌》前三十卦自乾至離爲上經，後三十四卦自咸至未濟爲下經。

乾坤屯蒙需訟師　比小畜兮履泰否　同人大有謙豫隨

蠱臨觀兮噬嗑賁　剝復旡妄大畜頤　大過坎離三十備

咸恒遯兮及大壯　晉與明夷家人睽　蹇解損益夬姤萃

升困井革鼎震繼　艮漸歸妹豐旅巽　兌渙節兮中孚至

小過既濟兼未濟　是爲下經三十四

（序卦圖）

小畜 ䷈ 履	師 ䷆ 比	需 ䷄ 訟	屯 ䷂ 蒙	坤 ䷁	乾 ䷀
噬嗑 ䷔ 賁	臨 ䷒ 觀	隨 ䷐ 蠱	謙 ䷎ 豫	同人 ䷌ 大有	泰 ䷊ 否
離 ䷝	坎 ䷜	大過 ䷛	頤 ䷚	无妄 ䷘ 大畜	剝 ䷖ 復
損 ䷨ 益	蹇 ䷦ 解	家人 ䷤ 睽	晉 ䷢ 明夷	遯 ䷠ 大壯	咸 ䷞ 恆
漸 ䷴ 歸妹	震 ䷲ 艮	革 ䷰ 鼎	困 ䷮ 井	萃 ䷬ 升	夬 ䷪ 姤
既濟 ䷾ 未濟	小過 ䷽	中孚 ䷼	渙 ䷺ 節	巽 ䷸ 兌	豐 ䷶ 旅

《序卦圖》又稱《三十六宮圖》，是《周易》上、下經的次序圖。《序卦圖》以卦的綜、錯形式爲主（主要以綜卦），即屯與蒙、需與訟、師與比等卦位置相反爲綜卦。乾與坤、頤與大過等卦陰陽爻相反爲錯卦。

《周易》分爲上、下經，上經三十卦，下經三十四卦。上經三十卦中有綜卦二十四卦，二卦共用一個卦形，爲十二個卦形；錯卦六個，加起來共十八個卦形。下經三十四卦中有綜卦三十二個，共用十六個卦形；錯卦二個，加起來也爲十八個卦形。從卦上看，上、下經的數量是相等的。

一對相綜、相錯的卦，可以表達事物發展的兩方面。例如乾與坤（相錯）爲天地、爲剛柔。師與比（相綜）爲憂、爲樂等等。

《序卦傳》以事物的變化而推衍出的一套基本程序。上經爲天道，下經爲人道。上經以乾、坤、坎、離四卦爲主，下經則以震、巽、艮、兌四卦爲主。

從《序卦圖》中可以看出：

在六十四卦的實際運用中，以綜卦爲主，使用錯卦的範圍比較小。例如：既濟與未濟又綜又錯，圖中只以綜卦的形式表示。六十四卦完全可以每兩對卦相錯，而用者較少。這說明，以綜卦的形式爲主，不能相綜的卦，再以相錯。

對於《序卦圖》的掌握，可以很快地記住《周易》上、下經的次序，對學習《周易》有很大益處。

京房八宮世變圖

卦	8	比 水地	漸 風山	師 地水	蠱 山風	隨 澤雷	同人 天火	歸妹 雷澤	大有 火天	初至三交復原	各
	7	需 水天	中孚 風澤	明夷 地火	頤 山雷	大過 澤風	訟 天水	小過 雷山	晉 火地	四交復原	
變	6	夬 澤天	履 天澤	豐 雷火	噬嗑 火雷	井 水風	渙 風水	謙 地山	剝 山地	初至五交變	
	5	大壯 雷天	睽 火澤	革 澤火	无妄 天雷	升 地風	蒙 山水	蹇 水山	觀 風地	初至四交變	宮
次	4	泰 地天	損 山澤	既濟 水火	益 風雷	恒 雷風	未濟 火水	咸 澤山	否 天地	初至三交變	
	3	臨 地澤	大畜 山天	屯 水雷	家人 風火	解 雷水	鼎 火風	萃 澤地	遯 天山	初二交變	八
序	2	復 地雷	賁 山火	節 水澤	小畜 風天	豫 雷地	旅 火山	困 澤水	姤 天風	初交變	卦
	1	坤 坤爲地	艮 艮爲山	坎 坎爲水	巽 巽爲風	震 震爲雷	離 離爲火	兌 兌爲澤	乾 乾爲天	正卦	根
八卦		坤 陰土 地	艮 陽土 山	坎 水	巽 陰木 風	震 陽木 雷	離 火	兌 陰金 澤	乾 陽金 天	八卦	
基		變交一→	變交上	變交中	變交上	變交上	變交中	變交上	←變交	3	基
		太陰		少陽		少陰		太陽			
		陰				陽				2	
礎		太極								1	

乾 ☰☰ 乾上乾下 乾爲天

【釋卦名】

乾字從「乙」旁得義。乙原爲上出之貌，說文說：「上出也，从乙。乙，物之達也……，倝聲。」上出是「生生不息」的，所以易經取爲卦名。倝代表太陽已升到「㫃」（旗子）上，所以从倝聲的字有乾燥義。古韻「乾」和「健」都在元部，說卦傳說：「乾，健也。」繫辭下篇也說：「夫乾，天下之至健也。」段玉裁注說文更明白的說：「健之義生於上出；上出爲乾。」此外，周易十翼中還有「乾，陽物也。」（繫辭下）「乾爲首」，「乾，天也，故稱乎父。」（以上說卦傳）「乾，剛。」（雜卦傳）等，都是「上出」生意盎然的本義之引申或假借。

卦辭

乾。元，亨，利，貞。

【語譯】

乾卦一德之本體，有四面之發用：太初元始，圓通無礙，祥和無害，貞潔清正。

【釋卦辭】

卦體六爻皆奇，純陽之象。天之爲道，一氣流行，循環無端，經久不已，無物不覆，無物能傷。春，陽氣初起，滋生萬物；夏，陽氣通暢，發旺萬物；秋，陽氣便宜，成實萬物；冬，陽氣貞靜，歸根萬物。一爲體四爲用，體以施用，用以全體，體用如一，所以說天道健行而不息。

就人而言，是資天之氣而成形，本具備天之健德，也同時具備此元亨利貞之健用。人的健德即是本來的良知，先天正氣，流行不息，沒有一個時刻間斷。當人生身以後，後天陰陽五行，入於軀殼之中，即雜有後天之氣，先天陽極，交於後天，棄眞入假，健非所健，有時間斷。於是健德已虧，健用已非，天人睽隔乖達。當人幡然悔悟，看破一切假相，猛省回頭，志於性命之學，便有一點生機潛發，這就叫健之元；若能一心修養，眞履實踐，經久不殆，這就叫健之亨；又能振發精神，奮力向前，剛氣凝聚，諸緣不礙，生死如一，這就叫健之利；倘能格物致知，辨別是非邪正，止於其所而不移，這就是健之貞。元能生健，亨能通健，利能成健，貞能固健，元亨利貞，一氣運用，由勉強而歸於自然，渾然天理，返回良知本來面目，與天合一。

大象傳

天行健，君子以自強不息。

【語譯】

大自然的運行是剛健不屈的，君子當效法它自立自強，不稍懈怠。

【釋大象傳】

乾卦的大象辭是據以引出一種偉大剛健的人生觀；乾爲天，卦德剛健。上乾天，下乾天，是天之一氣，上下流行不息，行健之象。君子有見于此，知人資天之氣而始，即本有此天之健德，此德本來流行不息，無一時間斷。強，是剛強不屈，萬物難移之義，若能自強，則正氣常存，內有主宰，富貴不能淫，貧賤不能屈，非禮不履，非道不處，非義不行。而自強的落實工夫，全在不息，若稍有懈怠，半途而廢，稍有私慾，不能叫強，也不能叫自強。天所命（賦）是健德（良知良能），即是本來一點浩然正氣；因其無形無影，活活潑潑，流行不息，故稱作氣；因爲它至大至剛，充塞天地，故稱作健；因爲它主宰萬有，是陰陽之祖，造化之根，故稱作命。氣、健、命，總括它爲一個「強」字，人若能自強不息，造命之功可全，乾卦健德可以說是「法天」之學，也難怪文言傳贊嘆：「大哉乾乎！剛、健、中、正，純粹精也。」

爻辭

初九：潛龍勿用。

【語譯】

乾卦的初爻：象徵潛藏的龍，不輕易出現，以等待時機。

【釋爻辭】

「潛」，是潛藏（說文），也是潛隱（集解引崔憬）的意思。蟄伏隱藏在形未成，化未著的初階時刻，它的功用和效果，存在那未可限量，未可知的價值中，當晦養俟時，所以說勿用。

九二：見龍在田，利見大人。

【語譯】

乾卦的第二爻：象徵潛伏的龍，出現在地面上，這時利於遭逢聖明大德之人，彼此呼應，將有所爲。

【釋爻辭】

出潛離隱，所以說見龍，處在地上，所以說在田。易經中說到大人，多半是指在上位的人。鄭玄：「九二利見九五之大人。」而孟喜、京房說易，言周人有五種稱號：「帝，天稱。一也；王，美稱。二也；天子，爵號。三也；大君者，興盛行異。四也。大人者，聖人德備。五也。」九二爻，象徵旭日東升，呈現著無限的希望和機會，利見有位有德的君子。

九三：君子終日乾乾，夕惕若厲，无咎。

【語譯】

乾卦的第三爻：君子要效法剛正乾健的精神，日勉其行，夜察其過，雖有危厲，也不會有差錯。

【釋爻辭】

「惕」，是懼（鄭玄）和敬（說文）的意思；「厲」，有遲疑不安的狀況。九三居下卦卦體之極，應居上而不驕，居下而不憂，因時而惕，憂深思遠，朝夕匪懈，才能不失機會。

九四：或躍在淵，无咎。

【語譯】

乾卦的第四爻：象徵乾道變革之時，或躍起或處淵，審察時勢，防危慮險，所以可以沒有差錯。

【釋爻辭】

九四爻已經跨越了下體，上升到上卦的初階，步履重剛之險，預備進入尊位，待時脫化，或許可以乘風雲而上翱遊於天，也可以沈潛於深淵，在這個可供悠遊活動的空間，保有進退有據，潛躍由己的自主性，進德修業的君子，當及時自試，通權達變，履危而存安。

九五：飛龍在天，利見大人。

【語譯】

乾卦的第五爻：象徵飛騰天空的龍，澤及天下，同時得到大德君子，共成大事。

【釋爻辭】

龍的眞正舞台，不在田，不在淵，而在乎天。莊子說：「龍乘雲氣而養乎陰陽。」（天運篇），此時此刻，正是剛健中正，陰陽混化，形神俱化，與道合眞之際，不但能成己，而且成物，己利而利人。象飛龍在天，隱顯不測，隨時濟物。九是純全剛健之數，五是陽數的最中位，九五爻可說是全卦陽剛之主，有才德，又得時位，不但能獨善其身還能兼善天下。

上九：亢龍有悔。

【語譯】

乾卦的最上爻：象徵到了窮極高亢的地步，若不能反身自安，便有悔憂的現象。

【釋爻辭】

「亢」，是極（子夏易傳）、窮高（王肅）的意思。祇知進而忘退，知盈而不知返，所以會陷於悔。人生的舞台，到了超越顚峰，極其高亢、潔淨的地位，必然是走向無往而不復，物極必反的現象，舉目看去，茫然失所，再上去，已無爻位，又不能降卑，憂悔憤懣，是必然的趨勢，周易裡關於吉、利、吝、厲、悔、咎、凶的禍福斷辭中，悔是懊悔、後悔，就是時時發掘自己的錯誤而加以檢討，我們如果能夠把握悔而後吝的功夫，便是趨吉避凶的不二法門，不要等到凶了以後，才一敗塗地，悔之莫及。

用九：見群龍无首，吉。

【語譯】

乾卦用九之道是象徵觀察群龍（諸陽爻）之義，而以「無首」（不為天下先）為吉祥。

【釋爻辭】

乾卦照著爻變的法則，若全變為「六」時，是遇乾之坤的變爻，它的筮辭結果，是根據乾卦「用九」的爻辭。善用乾健之道者，像龍之靈明昭澈，變化不拘，能上能下，能大能小，能隱能顯，迎之不見其首，隨之不見其後，所謂「知幾者，其神乎？」群龍的變化，當潛則潛，當見則見，當乾而乾，當躍而躍，當飛而飛，健而不至於高，高而不至於過，過而不至於亢，出處緩急，各隨其時。超然物外，不為物用，用九而不為九所用，自然吉無不利了。

乾卦義疏

乾卦所象徵的龍象，以六個不同階段的時、位、態勢來表現人、事、物的生機變化：

初九：潛龍勿用。——此在健之初，正當培養正氣之時，不可自恃其健。

九二：見龍在田。——此健而得中，不偏不倚，利見大人（大德君子）。

九三：夕惕若厲。——此日勉於行，夕察其過，雖有危厲，能無咎。

九四：或躍在淵。——此待時脫化，或躍而起，或在於淵，防危慮險。

九五：飛龍在天。——此隱顯不測，隨時濟物。

上九：亢龍有悔。——此進健太過，必敗其事。

這個生變進程（APPROACH）是動態的，它不是個簡單的象徵作用，也不是個簡單的意符（實象──天）和意指（假象──父）一等於一，一對一的僵化關係，而是實象出現在某一個境遇中的進程。因此，我們就不該會對整個卦是「乾者，健也，剛健不屈之義」，又元、又亨、又利、又貞的四象發用，拿來和九三，上九某個時空階段吉凶產生矛盾而困惑了。易是變易、交易的，同時也是簡易，不易的，大抵行健用剛之道，是貴在隨時，隨時之健，能剛能柔，無往而不可健，無往而有傷健，所以有用九之道存在。

坤 ☷ 坤上坤下 坤爲地

【釋卦名】

坤字从土从申，土就是地，甲骨、金文都作土塊形；西周前期常有「下土」一詞，見於金文。到了東周末年以後，才改稱「下地」，如尚書金縢篇所用。後代土和地連用，土即是地。土地可以長養萬物，所以說文用聲訓釋土字說：「土，地之吐生萬物者也。」

而申字，從甲骨、金文來看，都是「神」字的本形，說文說：「申，神也。七月陰氣成。」申古本作巜，即☷之象，繼爲𦥔，是☰的分陷。古時天地初分，洪濛始判，天本太虛。起初地是茫茫一片水，地爲水之所象，後水漸落，土漸露，字亦加土塊，起初爲凵，繼而爲「𦥔」，後人稱地爲

大塊，正如古人稱坤的意思。此外申有地氣上升的意思，以應乎天行，因天道下接，地之道上申，所以坤字從申。

爲何不說地而是坤呢？這是因爲地的載物，美惡不拒，十分柔順，所以坤卦的卦德是順。坤、順古代雙聲，可以通假。說卦傳說：「坤，順也。」彖傳說的更詳細：「至哉坤元，萬物資生，乃順承天。坤厚載物，德合無疆，含弘光大，品物咸亨。」因此，我們可以理解，爲什麼乾不稱作「天」而稱乾。而稱坤是說明坤不僅象徵地，在氣曰陰陽，在卦稱乾坤，在數爲奇偶，在方曰上下，它的涵義多方，才不至於拘泥。

卦辭

坤。元，亨，利牝馬之貞。君子有攸往，先迷後得主，利西南得朋，東北喪朋，安貞吉。

【語譯】

坤卦是順承天的，它的本性至柔至順，柔則能容大成元，順則圓通無礙爲亨利於牝馬之貞潔清正。君子有所順，先迷失主，後來終又得主，象徵西南月光方生，陰順陽之進；東北月光全消，陰順陽之退。知道得與失的分際，則進退無有不利，若能安常守正，便有吉祥。

【釋卦辭】

卦體六爻都是耦，乃純陰之象。地本是至陰，無陽不能生成萬物，其所以生成萬物，是因順天之陽氣，依陽氣之進退而生成。因地本不元亨，而元亨之利，在於能貞。地之順天不可見，但觀察牝馬之順，地之順即可知。「牝」是陰柔之總稱，凡物屬陰者都稱牝，馬爲健行之物，牝馬順牡馬而行，則牡馬所到之處，即是牝馬能到之處，雖柔也能剛，地順之利貞也如同牝馬之利貞。

《易經》開篇兩卦是乾坤，乾象天，坤象地。乾卦卦辭說：「元亨利貞」。象天的發展變化。天的發展變化，具體說就是春夏秋冬四時，大自然的變化，坤卦卦辭說：「元亨利牝馬之貞。」元亨利貞象地的發展變化。但多了「牝馬之」三個字。這「牝馬之」是什麼意思呢？

《黑韃事略》說：「其牡（公）馬留十分壯好者，作移剌馬（公馬）種。外餘者多扇（閹割）了，所以無不強壯也。移剌者，公馬也，不曾扇，專管騍（母）馬群，不入扇馬隊。扇馬騍馬各自爲群隊也。又其騍馬群，每移剌馬一匹管騍馬五六十四。騍馬出群，移刺馬必咬踼之，使歸。他群移刺馬逾越而來，此群移刺馬必咬踼之。」

照這種解釋，那麼坤和乾的發展變化雖是共通（所謂「陰陽合德」）的，但是坤對乾當如騍馬對移刺馬，要「後」不要先，要「順」不要逆。《乾・象傳》說：「至哉乾元，萬物資始，乃統天。」《坤・彖傳》說：「大哉坤元，萬物資生，乃順承天。」就是這個道理。

從實際生活來看，《詩・七月》說「春日載陽」就是指春天陽氣勃發喻乾元的「萬物資始。」《禮記・膾》說「草木萌動」就是指草木欣欣向榮喻坤元的「萬物資生」。一個是「統天」，一個是「順承天」，可以看得清清楚楚。《序卦傳》說：「有天地然後生焉。」就是這個道理。《繫辭上》說：「乾坤其《易》之蘊也？」《繫辭下》說：「乾坤其《易》之門邪？」說的也是這個道理。其他如《繫辭上》說：「在天成象，在地成形，變化見矣。是故剛柔相摩，八卦相蕩，鼓之以雷霆，潤之以風雨，日月運行，一寒一暑，乾道成男，坤道成女。」《筮法》說：「乾之策二百一十有六，坤之策百四十有四，凡三百有六十，當期之日。」（乾卦六爻都是老陽九。策數是三十六，以六爻的六個九去乘三十六共得二百一十六策。坤卦六爻都是老陰六，策數是二十四，以六爻的六個六去乘二十四，共得一百四十四策，乾坤兩卦之數加在一起爲三百六十策，正與一年三百六十日週期之數相當。）等等，說的都是這個道理。

所有上述這些，說的是什麼道理呢？我敢肯定的說，它們說的都是自然，自然規律。從《易經》作者和闡釋易經的孔子對自然的看法來說，則反映他們的宇宙觀。

就人而言，人受地之陰氣以成形，即具地柔順之德，這柔順之德，就是人初生就秉之賦之良能，但交於後天之後，爲氣質所拘，積習所染，順非所順，而順其所欲，良能變爲假能。故聖人教人要行順道，即由假順要變爲眞順，還父母未生本來眞面目，所以說：君子有攸往，先迷後得主。

剛爲柔之主，剛能統柔，柔不能統剛，祇是順承其剛而已，以柔順剛，不單指無能順有能，凡是能返邪歸正，改惡遷善，存誠去妄，以人心順道心之事，都是以柔順剛之義。所謂先迷，就是人心用事，道心埋藏，順其人欲，以假傷眞，因而入迷失去主。至於後得主，就是道心用事人心安靜，順其天理，以眞滅假，得主而不迷的意思。人若能由迷中覺悟，以陰順陽，借人心恢復道心，以道心克制人心，這樣雖然是先失了主，但後來終得主，雖先愚終必明，雖先柔終必強。

如果從象數或道家的易學來看：順之道莫大於地，順之象莫著於月，月本是純陰無陽，與日相會於虛、危兩星宿之處，當行至西南坤位，初三露出像蛾眉之光，魄中生魂，是謂得朋。（坤與兌的卦位在西方，巽與離的卦位在南方，都是陰卦，與坤卦同類）。到了十五，月正光輝盈輪，十六以後，月光漸退，魂中生魄。當行至東北艮地（每月二十八日），餘光於此全消，是謂喪朋。（艮、震在東方的卦位，乾、坎在北方的卦位，都是陽卦，與坤卦不同類。）西南月光始生，是陰順其陽而進；東北月光全消，是陰順其陽而退。陽進則月明，陽退則月昏，月之昏明也順著日行而進退。修道君子用順而行柔道，能夠如月之順日，知得知喪，則進退無有不利。如何利呢？有利時，則順之得正；無利時，則安居於正，才是全始全終之道。

所謂安貞，是是守常守正，以正爲安，止於其所，不順則必使之順，不正則使達到正，煉己持心，拔去一切輪迴種子，不使有一點滓質，留在方寸寶田之中。虛極靜篤，人心不起，道心即生，貞下起元，柔即是剛，順即能健，那麼元沒有不亨，亨沒有不利，利沒有不吉，所以安貞之順，是不可忽視的。

大象傳

地勢坤，君子以厚德載物。

【語譯】

大象傳說：坤象徵大地的形勢，君子應當效法大地，以寬厚的德行，負載萬物。

【釋大象傳】

坤卦的大象辭是據以引出君子應具之德性。坤爲地，卦德柔順。上坤地、下坤地，是地勢隨高就低，坤順柔和之現象，君子有見於此，知人資地之氣而生，即本具此地之順德，但因後天知識一開，誤用聰明，順非所順，順其氣質之性，失去至善之性，因而內不能虛己，外不能容物，以假爲眞，以苦爲樂，最後將落入輪迴，所以君子應法地之順道，始能厚德載物。

「厚德」即順德，順德厚德，即內虛外實之德，惟有順才能虛，惟有厚才能實。「內虛」就是虛心，虛心就能容物；「外實」就是實行，實行則能應物容物。應物就是能載物，萬物無窮，載之亦要無窮。德是愈載愈厚，愈厚愈載，君子能載物亦要有厚德，但遇順境能載物，遇逆境則不能，這樣不能稱之厚；若外表勉強而行，而內心不虛，也不能叫厚。載物之厚德，須要眞正履行實踐出來，不管遇辱罵、艱難、困苦、疾病、災患等一切不順境遇，均能忍受，如地承受山嶽之重，河海之決，草木之傷，故地之厚德如此偉大，君子之厚德應效法地之載物如此寬大。

爻辭　初六：履霜，堅冰至。

【語譯】

坤卦的初爻：象徵行走在霜降的地面上，便可知道凝結成堅冰的時節快要到了。

【釋爻辭】

初六是坤卦最下方的陰爻，用履霜堅冰說明陰氣凝結成霜，不久寒冬降臨，結成堅冰。在十二辟卦中，坤卦是陰曆十月，以中原的氣候爲準，節氣的順序，九月建戌，包含寒露、霜降兩個氣節，到了十月，便到了立冬、小雪兩個節氣，修道君子取節氣的實際現象，可知在順之始，是在可眞可假之際，心念稍有不正，客氣潛入，必有一陰生而群陰畢集，而有履霜堅冰至之象徵，所以須要謹於始。

這個爻一變成震，是足的象徵。人方履霜，而堅冰將至，喻事之有漸，叫人防微杜漸。文言傳說：「積善之家，必有餘慶；積不善之家，必有餘殃。臣弑其君，子弑其父，非一朝一夕之故，其所由來者漸矣。由辯之不早辯也。易曰：『履霜堅冰至。』蓋言順也。」

六二：直方大，不習无不利。

【語譯】

坤卦的第二爻：德性內直外方又盛大，不待去修習它，也沒有不利的。

【釋爻辭】

坤卦六二爻是陰爻居柔位，所以得柔順中正之位，得中則心直而能謹愼，得正則對外行事而有裁制，如此內直外方，循規蹈矩，正如道德經第三章所言：「

虛其心，實其腹，弱其志，強其骨。」自然能光大德業，所以說不習无不利。

繫辭傳說：「夫乾，其動也直，其靜也專，是以大生焉。夫坤，其靜也翕，其動也辟，是以廣生焉。」直本是陽動之象，爲什麼坤陰也講直呢？文言傳對此解釋說：「坤至柔而動也剛，至靜而德方，後得主而有常，含萬物而化光。」陽動而陰應順之，所以直，陰不應不順便不直、不剛。乾圓坤方，直大是指德，六二順從乾，先效其直，立定腳根，終與天同大，恰到好處，因直而成其方，因方以成其大，順乎天理自然，成爲坤道能事，不待學習演繹，斷然無有不利，此爻變坎，習爲坎，在順體，所以說不習，因爲六二是坤卦的主爻，所以於此講論坤陰之大用。

六三：含章可貞，或從王事无成，有終。

【語譯】

坤卦的第三爻：不顯露自己的才華，固守柔順之德。即便隨從君王從政有功，卻不敢居功自傲，始終保持其柔順之德。

【釋爻辭】

六三爻，從內卦卦位而言，是居於最上位，有變陽的現象。從六爻整體言，又臨於上體之始，幷非六爻的終極，又不當變，因此，象傳說：六三有章美之德，而內藏不顯露於外，能固守坤陰的柔順，從陽之道，不輕易變更，待時而後動，即或從事於王者（乾陽），賜命之事也，不敢專有其功，唯順從命令以終了其事而已。

此爻又如月到十五的光明，含有章明無比的文采，可以清正自持。但圓極必缺，不能永遠保持此文采，但其遍照大地之美景，留給人無限懷念，所以六三爻含章可貞，胸羅萬有，含其光明，而不自衒（顯露）。性柔（含美麗之文）而志剛，含藏章美，「居下之上，不終含藏，故或時出而從上之事，則始雖無成，而後必有終，爻有此象，故戒占者有此德，則如此占也。」（朱子本義）

在修身言，六三爻陰爻居剛位，故性柔至剛，含藏美麗文采，能順守正道，不爲外界之假相來傷內在的眞我，既使有事而不得不向外順從，則一定隨從合於乾天、君、父。雖順於人，但不失自己立場，所以本身雖沒有成績，亦能有最終完善的結果。

六四：括囊，无咎，无譽。

【語譯】

坤卦的第四爻：收束囊袋而不出，則沒有過咎，也不會有過實之名。

【釋爻辭】

「括」是結的意思。六四爻屬外卦的初爻，其相應於初爻亦有履霜冰至，須戒愼恐懼之象，陰爻在柔位，得位，但不得中，過於陰柔，應收斂，才不會發生過錯。六四爻又正如陰曆每月十六之後，月亮開始虧缺，如一個收束囊口的樣子，說明從光明興盛開始衰退。

在修身而言，六四爻是陰爻居柔位，內念不出，外念不入，順著天時，順著天命，這樣不求福也不致惹禍，如括結收束囊口，內外一空，既求無差錯，也不求有更好的名譽。四爻多懼，在危疑的地方，稍有不檢，便難免過，必須謹愼緘默，不妄發議論，像括囊而不露。

六五：黃裳，元吉。

【語譯】

坤卦的第五爻：如同穿著黃裳下飾，位雖尊貴而謙居人下，大吉。

【釋爻辭】

「黃裳」在古代是命士以上身份的人，穿黑色禮服時的裡衣，下士穿雜色的裡衣。上衣長，罩在裡衣的外邊，再束腰。黃是土色，即是大地的顏色，也是中央的顏色，按古代自然哲學的五行說，認爲構成物質的基本元素是金（白）、木（青）、水（黑）、火（赤）、土（黃），配方位是西、東、北、南、中。五行的淵源很早，盛行在春秋戰國之後。六五在上卦的中位，所以用黃色象徵，又處在奇數不正的陽位，所以用「裳」比喻，裳是裝飾在內裡的下衣，取其謙遜退守的態度，黃裳是象徵中庸謙遜的順道，所以最爲吉祥。左傳昭公十二年記載：南蒯謀反，占筮得此爻，非常高興，但子服惠伯卻規勸他說：「如果是忠信的事則可，不然必敗。」接著解釋這一爻辭說：「黃是中色，裳是下飾。」這筮辭雖然不錯，但易經占卜不可以占險，勿須配合忠（外強內溫），信（和以率貞）。後來南蒯果然失敗。

六五居中以處上體，而柔順安貞之德，自六二而已成大順之積，體天時行，若裳以配方衣，深厚而內美自見，宜乎其吉矣。「凡言吉者，與凶相對之辭，自然而享其安之謂。黃裳，非以求吉而固吉，故曰元。凡言吉者準此。」（船山易內傳）

柔順虛中，德足服人，不言而信，不教而化，如黃裳著體，闇然曰章，美德在內，自著於外，故爲順之道，元吉也。

上六：龍戰于野，其血玄黃。

【語譯】

坤卦的第六爻：兩龍交戰，所流的血是黑黃色的。

【釋爻辭】

玄黃：「玄」，黑色。「黃」，赤色（聞一多釋）。上六是最高位，又是偶數的陰位，陰旺盛極，經過六爻陰陽消長變化，當發展到上六時，坤陰即將轉化爲乾陽，於是就一反柔順以從陽的本性，而和乾陽發生了抗爭，所以稱「龍戰」

，爲什麼不說陰陽相戰？是聲言陽來征陰。上六自尊自大，以柔爲剛，不能服於人，欲人順服於己，爭戰的結果，傷人傷己，血色玄黃。「野」是極外之地，上居極外，所以稱野（蔡淵）。六已經是極數，盛極抗爭，又進而不已，天玄地黃，天地相爭，其血玄黃，是兩敗俱傷。

陰盛之極，至與陽爭，兩敗俱傷，其象如此，占者如是，其凶可知（朱子本義）。陰從陽者也，然盛極則抗而爭。六既極矣，復進不已則必戰，故云戰于野。「野，謂進至於外也。既敵矣，必皆傷，故其血玄黃。陰盛至於窮極，則必爭而傷也」（程子易傳）

用六：利永貞。

【語譯】

坤卦用六之道是說明柔順之道，利於永恒堅貞的德性。

【釋爻辭】

用六是指占卜到坤卦時，如果六爻都是變爻（可參考占卜筮法），全部變爲陽爻的斷語，這叫遇坤之乾的變卦。坤卦用六的道理，與乾卦的用九，其精神是一致的，善於運用坤卦六爻的變化，而不被變化所拘。用六之道，就是運用順道，六爲河圖二、四陰生之數，陰主順用，所以六是用順道，「用順」是以虛求實，以無求有，故順道並非容易達到的，觀察坤卦六爻之順，是非不等，邪正各別，求其順之而得利於自己的，只有六二爻；順之又能感化人的，也只有六五爻，故用順不愼於始，必敗於終。行順道，必須長保貞正，才能得貞得利，故曰利永貞。

坤卦義疏

坤卦所象徵的柔順之象，以六個不同階段的時、位、態勢來表現人、事、物的變化。

初六：履霜堅冰至。—此順道須謹而始。

六二：直方大，不習无不利—此柔順中正，自能大其業。

六三：含章可貞。—此順於人，不失於己，能全始全終。

六四：括囊无咎、无譽。—此內外一空，故無咎而亦無譽。

六五：黃裳元吉。—此美德在內，自著於外，故爲順道之吉。

上六：龍戰于野。—自尊自大，以柔爲剛，不能順人，欲人順己，不能不戰。

坤卦以自然現象來分析，代表地之厚德載物之象，有廣大、寬容、負重之理；以人事而言，坤是純陰柔順，有臣道、母道、順承的象徵，故用六之道，即用順道。

用順之道，在初爻時，應防微杜漸，不使惡念萌生。六二爻時，只要中正光明，依理而行，發揚光大，必能有成。六三爻時，要達到含章可貞之境界，須功成名遂時身退、不自先、不自主。六四爻，須謹愼嚴密，預防禍害，避免過錯。顯仁藏智，深藏不露，以養大德。六五爻，此時中正和平，上和下順，美德在內，自著於外，成己化人。上六爻，則陰陽相爭，破壞損傷，已至極點，必生變化。所以用順之道，須愼之於始，永于貞，方不致敗於終。

以周易卦爻配合日月陰陽的變化情形而言：月本無光，交於日則光，生光處叫「魂」，魂爲陽，即用長畫之奇（⚊）來表示。黑處叫「魄」，爲陰，故用斷畫（⚋）之偶來表示。坤是母親，月到了晦夕，純陰無陽，三日黃昏，月在庚方，月上日下，交而生光，坤（☷）生長子變而爲震（☳）。朔八上弦，月在丁方，陽多陰少，震（☳）變爲兌（☱）。望日對照於甲，陰盡陽純，兌變爲乾，此時三五（十五日）盈月。十八日月在辛方，陽光漸縮，一陰下生，父生長女，變而爲巽。二十三日下弦，月在丙方，陰多陽少，巽變而爲艮，三十日，月在乙方，陽光不現，魂盡魄全，仍還坤體，此時三五（十五日）始闕月之時。三五而盈震、兌、乾，三五而闕巽、艮、坤，其間獨少坎離，是因爲月是坎，日是離，二用無爻位，八卦只用六卦，朝「屯」暮「蒙」，剩六十卦，以一年爲單位，一日一爻，六日一卦，三百六十日爲六十卦。

納甲圖（載於鄒訢（即朱熹）注本）

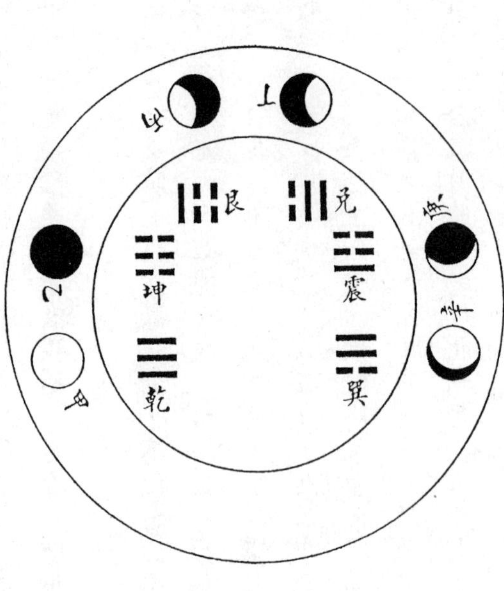

就人而言：魂屬陽，陽內有眞陰，所以又是人的精血。魄屬陰，陰內有眞陽，所以又是人的神氣。魂內藏肝，肝內藏血，血生精，肝屬木，木爲母，母爲陰。魄藏肺，肺藏氣，氣生神，肺屬金，金爲公，公爲陽。所以魂魄就是陰陽的血氣，有氣必有血，有血必有氣，氣不離血，血不離氣。二字都從鬼，鬼是靈陰之物，不過是生而爲魂魄，死則謂之鬼而已。所以生而又死，死而又生，生死無息，輪迴不停，這個陰靈之鬼，乃萬劫不壞的種子，雖不與肉體俱死，必要從肉身而投生，死而爲鬼，生而爲魂魄。

魂魄，左邊從云，從白，屬陽，能不生不死，除非是訪求明師，傳授不生不死之法度，將魂中制魄，魄中煉魂，陽中制陰，陰中煉陽，陰陽除盡，化爲一派陽氣，陽氣再煉，化成無氣之炁，脫離夢與生死之苦海，這是陰陽逆行的道理，也是金木交併，陽漸長，陰漸消，消到鬼陰全無形，純屬一團白云歸天。不知修煉者，只守陰陽順行的常理，所以陰漸長而陽漸消，消到無陽無影，純屬一團黑鬼而歸地，這叫金能剋木，陽盡成鬼。

這個魂魄，人物畜類，皆各有之，男女修之可成聖賢仙佛，物類修之成怪，畜類修之成妖，若不得而修之，去世之日，皆不免魂分魄散，終究成爲鬼類而已。

有志性理之學者，勿自持聰明，依一己之見，妄猜私議，不肯低心下氣，求人請益，以至於皓首窮年，落得一無所得；或者尋師訪友，不能辨別邪正，走入旁門左道，至死不悟；或者雖能辨別邪正，窮究性命之理，遵道而行，但又半途而廢，不永保貞正，這些都非用六之道，都無法成道。

如要成道，須知順道，須要能順其正，更須要永順其正；能永順其正，柔中即有剛，不隱不瞞，至死不變，如此一旦脫去後天氣質之性，就露出先天不識不知之本來面目，性了而命亦可了。

屯 ䷂ 坎上 震下 水雷屯

【釋卦名】

小篆的屯字作「屯」，它的本形，是取象於草根由地下委曲很難往上長的樣子。說文釋屯字：「難也；象草木之初生屯然而難。从屮貫一，屈曲之也；一，地也」。胚芽從地裡冒發的過程、遇到阻礙、本來就很艱難。金文的屯字也有用作「絲」意的「純」字，春蠶吐絲也正和草木吐生一樣的艱難。由上可知、屯有始生之義（震下），又有難出之義（坎上），有戒慎於始之意，屯卦卦名的原始意義，朱子本義說：「始交謂震，難生謂坎。」屯卦的象傳也有「剛柔始交而難生」的話。

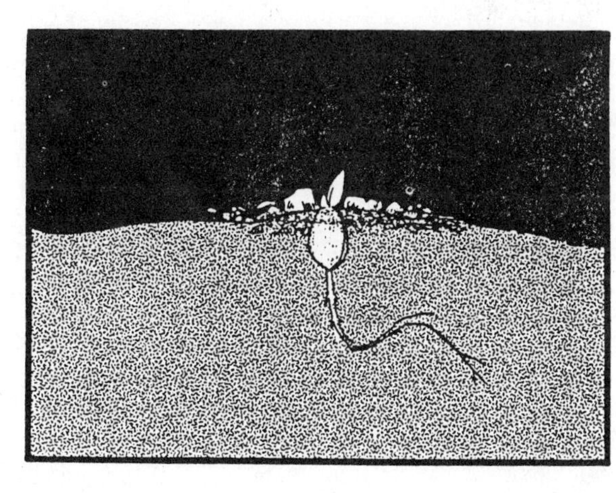

卦辭

屯。元亨、利貞；勿用，有攸往、利建侯。

【語譯】

屯卦，具有創始、亨通、便利、貞正的德性，不要冒然妄動，有利於奠定侯國的基業。

【釋卦辭】

乾為天，坤為地，天地交會，萬物始生。接在乾坤二卦之後，是象徵生的開始，充滿艱辛的歷程。天地的生機，醞釀在冬季，草木的萌芽，始於寒冬，屯卦充滿了創始、亨通、祥和和堅貞之德，但當它開始萌發，也非常脆弱，不能冒然利用。「勿用」，是說不可輕舉冒用。然而它有奠定公侯的基礎，所以說「有攸往、利建侯。」就修道者言，屯是上承乾卦而來，是代表進陽下手的時機，乾是健德，進陽是進其健德。健德是什麼？它是先天眞陽本具圓滿的正氣。屯的卦德上坎陷、下震動，動於險中，險中之動，不易出險。

乾爲健德，健德爲先天眞陽，本來正氣，這箇氣、交於後天，隱而不現，雖然不現，未嘗全泯，只是人被世事所迷，妄念所蔽，當面錯道，不肯認眞，當其發現先天眞陽正氣之時，即是吾身中的活子時。它與天地合其德與日月合其時，與四時合其序，與鬼神合吉凶，乃陰陽之門，生死之户，性命之源，健順之根，造命之鼎，偃月之爐，知之者勤而修之，於後天中返先天、由一陽而漸生漸長，至於六陽純全。屯卦，有元亨之道，但人被氣質所拘，積習所染，先天眞陽，埋沒已深，雖有回復之時，然正氣弱而邪氣盛，正不勝邪、未能遽然增升，故應謹封牢藏，守此一點生機，不爲客氣所傷，以爲返還之本，所以說「利貞」。又說：「勿用，有攸往。」「貞」，非空空無爲，「勿往」，非絕無一事，特以人心用事已久，道心不彰，陰中返陽，乃險中之動，不如先正其心。說利於建侯的原因，即是正心之象，心若一正，根本堅固，元氣不散，於是隨時進火，漸採漸煉，已失去的可以再得，已耗損的可以再還，利於貞而動，是説動必合時。

大象傳

雲雷，屯∴，君子以經綸。

【語譯】

象辭說：雲雷搏結，是屯卦的象徵，君子處在這個時候，要善加規畫謀略。

【釋大象傳】

屯卦的大象辭是引申出從險難中自創生命立基，履險而剛健、知本而全正、這正是易經偉大的地方，也是屯卦的特質。屯者，屈而未伸之義，上坎水，下震雷。但坎言雲而不言水的原因是雨自雲而降，雷在雲中震動，已有雨意，未至雨時，正是陰陽搏結，將通而未通之候，用來象徵屯之象也。君子有見於此，知道人的先天一點陽氣，被後天陰氣所陷溺，雖有發現之時，屯難不通，若無扶陽抑陰之功，難得易失，當面錯過。而應當及時經綸修持。經，是整其緒，也就是調和陰陽。綸，是理其條，就是加減進退。經而不綸，不能成物，光知道藥物而不知火候，不能成道，當一陽生於坎地，正陰陽交接之關口，生殺相分之要津，可凶可吉之時，修道者急須下手，扭轉旋機，謹守靈苗，不使陰氣稍有侵傷，漸生漸採，十二時中，無有間斷，經之綸之，進退止足，毫髮不差，起初雖然陽氣不通，終究而陽氣舒暢，也像雷震於雲中，甘露自降，所謂昏久則昭明就是這個道理。

爻辭

初九：磐桓，利居貞，利建侯。

【語譯】

屯卦的第一爻：雖然盤旋想上進濟險，但又退回據守本位，利於貞正自守，利於建立侯國的事業。

【釋爻辭】

初九是陽爻，但處在最下方開始的位置，雖然剛健，不免躊躇於困頓苦難的狀態。初九這個剛爻，本是來自乾體，乾陽尊貴應居上位，現在居於下卦震體兩個柔爻之下，不易出險，但它具備出險的才質，又謙卑自處乎得眾望，有如大廈之磐石，堅固根本，又如一個君王，利於建立業基，培植元氣，它並非永遠不動，而是守正得時而動，動必有功。

六二：屯如邅如，乘馬班如、匪寇、婚媾；女子貞不字，十年乃字。

【語譯】

屯卦的第二爻：象徵困頓，艱難前進，欲乘馬前往濟險，但又折回來了，原以爲是被匪寇侵擾，卻不是敵寇，而是求婚媾，女子守貞不嫁，過十年才出嫁。

【釋爻辭】

「如」是語助辭，與若，然意同，「邅」是回的意思，「班如」是欲行又止的樣子。

古禮：女子成年訂婚之後用簪子插住挽起的髮髻稱「字」。六二以柔爻居陰位，自身無力出險，它的應爻在九五，九五應可以協助六二出險，只因處於二爻尚未到解難之時，當六二退回來後又與初九相乘，兩爻的關係不是敵寇，而是婚媾，但按比應關係，六二居初九之上是乘剛，逆而不比，故「女子貞不字，十年乃字」，六二貞潔自守不許嫁於初九，等了十年之後，待到可以出險時才許嫁給正應的九五，二者結成夫婦，共出險難。

六三：即鹿无虞，惟入于林中；君子幾，不如舍，往吝。

【語譯】

屯卦的第三爻：以打獵追野鹿比喻，如果沒有山林管理員嚮導，就不免迷失在林中了，君子當見機而作，不如舍棄，如果冒然前往，便有憂吝，無路可走。

【釋爻辭】

六三陰爻居陽位不中，處在困屯之時，才質柔弱又逞能妄動，不顧客觀環境輕易涉險濟難，所以設誡辭警告。「虞」在上古官制是執掌山澤之官、「吝」有惜、恨、恥的含義，比悔的程度高，更接近凶。

六四：乘馬班如，求婚媾，往吉，无不利。

【語譯】

屯卦的第四爻：欲乘馬前往，又欲進又止，要求婚媾，去了就有吉慶，沒有什麼不利。

【釋爻辭】

屯卦發展到第四爻，脫離了下卦的震體而進入上卦的坎體，形勢的發展已有可爲了，但六四陰柔居陰位，無力前往，欲進又止，仍有「乘馬班如」之象，初九原有濟險之志，也有濟險之力，唯因條件不利，時機不對，現在，六四下往求助相應的初九，同心協力而渡過險難。

九五：屯其膏，小貞吉，大貞凶。

【語譯】

屯卦的第五爻：猶凝聚膏澤，如果是小事，保持純正，還會吉祥，如果是大事，即或保持純正，也難免凶險。

【釋爻辭】

「膏」，是澤，引申爲水之潤物的意思，屯之所以艱難，是因爲坎居上體爲雲，時雨不能降於地，坎的主爻在九五，陷在二陰之中，遲遲不能降下，行動有所困難，六二與九五相應，可是六二陰柔，沒有力量給予援助，而初九微陽，也不能入險而相援，處在這個時候，只有委託初九小試正物之功，那麼盈滿的經綸，可以漸收後效而得吉，一旦求大刀闊斧的整頓事務，陰陽抗衡而陷入困鬥，必然遭凶，所以雖具仁義之美名，不可一旦而襲取，就像春初茁發的萌芽，才出於地，驟然偉盛，一定會被疾風寒雨所摧折。

上六：乘馬班如，泣血漣如。

【語譯】

屯卦的最上爻：象徵乘馬迴旋難進，而且有悲泣到血泪漣漣不絕的哀慟。

【釋爻辭】

「漣如」：本是形容水冷起波瀾的樣子，這裡是形容血泪不斷地流。上六陰柔，升到極點，已經是日暮途窮的時刻，與下卦的六三，同屬陰爻，不能獲得應援，以致陷於進退失據的窘境，而憂懼血泪漣漣。

屯卦義疏

初九：磐桓，利居貞。——此遇屯須當守正於始。

六二：屯如邅如，女子貞不字。——此在屯不遽求其濟。

六三：即鹿无虞，往吝。——此在屯而急欲求其濟。

六四：乘馬班如，求婚媾，往吉，无不利。—比在屯而隨時求其濟。
九五：屯其膏，小貞吉，大貞凶。—此大而知小，待時而能出屯。
上六：泣血漣如。—比小而不能大，無屯而亦有屯。

下卦：震體都欲動，但客觀條件不具備出險的條件。
上卦：進入了上卦的坎體，應當機立斷，把握時機屯積功德，求助求濟，否則後悔莫及，所謂險難，就在坎體的九五，九五一降下，產難就解除，這意味著萬物降臨於世，也可以理解天地降生萬物的洪濛草創狀態了。

屯卦闡釋了天地始交，恒育而後產難，並草創人倫秩序，且是人類自先天變爲後天的混亂不安的艱難時期，也是英傑展現經綸治世的出處之道，當一切步入抽緒條理的當時，充滿危機，躊躇徬徨，難以把握客觀條件。故先要具備純正的信念，堅定的毅力和穩固的基礎，培植元氣，待時而動，又要辨明狀況，取舍果斷，不可輕舉妄動，並尋求助應，渡過險難。處於進退兩難的困境時，積極進取，使狀況明朗，找到出路；當孤立無援時，當退守自保，先求安全，再求發展，在最險難的時候。當儘速求變，不宜遲疑，屯卦的卦體，一反轉即變成蒙，坎體居下，險難將除，到這個時候，一切都通達了。

蒙 ䷃ 艮上坎下 山水蒙

【釋卦名】

蒙的本義，許愼說「蒙，王女也。從艸，冡聲。」上頭從草，可知它是一種草名；它有王女、唐蒙、兔絲（見爾雅・釋名）及女蘿等異名。它是覆披在古木枝梢、或叢雜懸垂的地衣類植物。易經蒙卦取義一個人在智力未明，事理未通，情理渾沌，幻想與實際未判時，正像蒙草一樣。這時必須有開發蒙昧的人予以點撥、啓發，才可以開竅，使一切就緒。

卦辭

蒙，亨。匪我求童蒙，童蒙求我。初筮告，再三瀆，瀆

則不告，利貞。

【語譯】

蒙卦，亨通。不是我去求蒙昧的幼童，而是蒙童來求我教導。就如問卜一般，初來誠心誠意的求教，便告知他，如果再三求問，便有褻瀆之意，就不再告知他了，因此啓蒙的工作，必須動機純正，堅定不疑。

【釋卦辭】

「匪」，同非；「筮」，即問，「告」，即示、語。「瀆」，即褻，有冒犯的意思。

卦體上艮，二陰進於一陽之下，下坎，一陽陷於二陰之中，都有陰傷其陽之象。人自先天陽極，後天陰生，元神昧而識神用事，陷眞認假，誤用聰明，巧智百出；外雖明而內實暗，這是蒙昧之由來。一旦入於蒙，性亂命搖，一日千生萬死，莫知底止，陰到達極點了。若知有險而能止之，黜聰毀智，如愚如訥，外雖無知，內實有知，由假蒙而歸眞蒙，於是蒙中反有亨道。蒙之所以亨的原因，莫過於童。蒙童之蒙，不識不知，順帝之則，寂然不動，感而遂通，一舉一動，都從本性中流露，儼然賢聖身分，天人面目。行蒙道的人，必歸於童之蒙，才是返本還元之蒙，而此返本還元之蒙；就修爲言，匪我求童蒙，即非由勉強，不著於色也，童蒙求我，即出於自然，不落於空也。不著於色，不落於空，非色非空，既非求眞，又不除假，常靜常應，常應常靜，不蒙而似蒙，蒙而實不蒙，外物不得而入，內念不得而生，不求眞而眞即在是。非色非空之道，我們可以分兩方面來說：一爲養蒙之法，當在陰陽未判，天眞未傷，客氣未入時，蒙屬於眞，就像初筮者，策未分之時，必先告命，須當虛靜誠敬，以行無爲道。無爲之道，是養眞蒙。二爲發蒙之道，及陰陽已判，天眞有虧，客氣潛入，蒙歸於假，如蓍策再三瀆亂之時，不待告命，可以變化制裁，以行有爲之道。有爲之道，是化假蒙，養眞化假，有爲無爲，隨時而用，不失其正，自有爲而歸於無爲，或自無爲而成就有爲，總以至善無惡，渾然天理，還元返本，歸於童蒙爲極功。

大象傳

山下出泉，蒙君子以果行育德。

【語譯】

象辭說：山下冒出泉水來，這是蒙卦的現象。君子應當效法這種精神，以果敢的行動，培育品德。

【釋大象傳】

蒙卦的大象傳是根據泉水從山中流出所引申出來的，泉水自山中流出，流向大海，雖然到江海的距離很遠，但是它並不懷疑江海的遠，雖然千曲百折，但終必到達。這一趟行程甚爲果斷。果斷，則天下沒有不可成的行爲。蒙是無識無知，修養之義。上艮山，下坎水，坎言泉而不言水，而山下之泉，即是山水，山下出泉，泉得出養，是爲有本之水，源遠流長，通行無阻，這是蒙的現象也。君子有見於此，明白修道的人，欲行德於外，須先養德於內，若不養德而去行，那行爲無根本，心中無主宰，反而傷其德，應該效法泉水的流出山澗，不懼任何阻礙而且行動果斷，又須效法山之養泉、敦厚而育德。坎中一陽，係天一所生，此乃生物之祖氣，即所謂的天德，此德隱於後天之中，一般常人，順其後天，棄其先天，多不知育養修持，漸漸消耗，自傷性命；若有醒悟，截然放下，育養於內，而行德於外，用養育來幫助行爲，用行爲來驗證養育，內外兼修，育固養，行亦養，無一德之不育。行果，須要無一行之不果，育德，須要育到像山的不動不搖，才是育之極至。果行，須要果到像泉水的晝夜流通，才是果之極至，行果德育，盡性了命，渾然天理，不識不知。

爻辭

初六：發蒙，利用刑人，用說桎梏，以往，吝。

【語譯】

蒙卦的第一爻：是蒙卦初爻開始發動的現象，利於刑人，脫去足械及手械，離開黑暗而進入光明，初出囹圄，不知所往，故吝。

【釋爻辭】

此防陰於蒙卦之初。是蒙卦初爻開始發動的現象，猶如山下開始流泉，須加以節制，勿使姑息養奸，縱容流竄。由它而引申教育啓蒙犯過者之比喻。「利用」即利於；「發蒙」即發矇，目盲而復明，是去黑暗之境而入光明之域之象。「說」即脫；「桎」是足械；「梏」是手械。刑人脫去桎梏，初出囹圄，不知所往，所以說：以往吝。

九二：包蒙，吉。納婦吉；子克家。

【語譯】

蒙卦的第二爻：包容涵養，吉祥。像納婦之吉，教子先教婦，有賢母，子必才，父剛母柔，教養道合故吉，兒子能夠負起家庭的責任。

【釋爻辭】

「包」是包容含養之義，九二是下卦的主體，負有統領各爻之使命與啓蒙的責任，但由於對象、資質不同，不能強求一致，應當包涵容忍。九二雖然剛健，但居下卦中位，個性中庸能夠包容，故吉。又九二與六五陰陽相應，二是陽，比作丈夫；五是陰，比作妻子；丈夫能容忍，故娶妻吉祥。

六三：勿用取女。見金夫，不有躬，无攸利。

【語譯】

蒙卦的第三爻：有不可娶女的現象。因此人心用事，像淫奔之女，一見有錢的男人，就身不由己，未得於人，早失其己，是不會有好結果的。

【釋爻辭】

六三，陰爻居陽位不對，離了二位也不中不正，雖與上九陽爻相應，但有九二逼迫，既嚮往上九，又捨不得九二，故失去主張。此蒙而又滋生蒙也，筮遇此爻，諸事不利，故曰无攸利。此爻陰柔不中不正，恣情縱慾，故勿用取女。「勿用」，是指人心用事，貪財好色，像淫奔之女，見金夫不能自己，未得於人，早失其己。漢象數易學家虞翻說：「謂三，誠上也。金夫謂二，初發成兌，故三稱女。兌爲見，陽稱金。震爲夫。三逆乘二陽，所行不順，爲二所淫，上來之三陟陰，故曰勿用取女，見金夫矣。」

六四：困蒙，吝。

【語譯】

蒙卦的第四爻：有蒙昧困頓孤立無援之象，阻塞憂吝而不通。

【釋爻辭】

四是陰爻，初六也是陰爻，不應，距九二又遠，自身柔弱，又困在無聞之中，而不足以自行，不見正人，不聞正言，孤陋寡聞。雖困而沒有錯失，只是吝，沒有凶，這一爻強調教育的重要，人不可脫離現實而好高騖遠。

六五：童蒙、吉。

【語譯】

蒙卦的第五爻：童子天性純良，正是承教的好資質，即忠信恭敬以好學，這是吉利的。

【釋爻辭】

此蒙而自知其蒙也。上接陽九，下接九二，正在待變、適變的階段，知其所止。能虛心謙巽，以無能順有能，借剛濟柔，雖蒙不蒙。六五陰爻得中，高居「五」的尊位，上有九五相比，下又有九二相應，是上下皆有應援之象，所以，是在待變、將變、適變的階段，一但變成陽爻，上卦成巽，風水渙行，風調雨順，必然大吉大利。

上九：擊蒙，不利為寇，利禦寇。

【語譯】

有蒙頭遭痛擊的象徵。不利於攻治蒙昧，但對防止外來的邪惡誘惑，卻有利。

【釋爻辭】

蒙而終能不蒙。上九陽剛，居蒙之極，過於剛猛不利於治蒙。擊蒙最要緊的是掌握擊的分寸、界限。擊蒙必不可太深太過，目的要正確，方法要得當，理由要充分，這就能起到「御寇」的作用。若相反，擊之過激過猛，則擊蒙者本身就成爲寇了。「御寇」好，「爲寇」不好。內卦第二爻爲中心的陽剛足以貞固自守，所以象傳說是利用禦寇，上下順利的現象。

蒙卦義疏

初六：發蒙，以往吝。——此貴在防陰於蒙昧之初。

九二：包蒙、吉、子克家。——此能養陽於蒙昧之時。

六三：勿用取女、不有躬、无攸利。——此蒙昧而又滋生蒙昧。

六四：困蒙、吝。——此喻蒙昧而不知其蒙昧。

六五：童蒙、吉。——此喻蒙昧而自知其蒙昧。

上九：擊蒙、利禦寇。——此喻蒙昧而終能不蒙昧。

蒙卦所闡述的是生命的教育。蒙者，昏昧無知之義。因此蒙卦的六個爻，由啓發智慧，有教無類，提到自己對自己的了解不夠而做不了自己的主，碰到重大阻礙不易克服，也須要有勇於學習的精神，而童子天性純良，正是承教的好資質，碰到須儆戒時，爲了不使其爲惡，只有採用嚴厲的管理使其就範。雖然蒙卦所提到階層次有所不同，但是蒙卦所引申出來的意義正是在陰陽之中，如何找到正途，去人心而振道心，使陰氣退，陽氣純一，回到本來面目，如此則不再有昏蒙。眞的出現，就能識出假的，舉凡一切，就是離不開中正平和。

人類文明的進化過程中，這個時期是值懵懂草創的階段，一切秩序尚待建立，在混沌蒙昧之中，人心趨於流盪，或者苟安保守，缺乏積極進取的開朗氣象。因而啓發民智，建立制度實爲百年大計，而教育原則，首重自然的感應，潛移默化，循序漸近，不可強求；但也應該包容涵養，有教無類；應當心中有主，堅定信念，貫徹終始；必須切合實際，不可好高騖遠；動機要純正，謙恭虛讓，切磋琢磨，教學相長，而且要內圓外方，對外來的邪惡勢力，淫壞誘惑，斷然斬除，對內應兼容並蓄，虛懷若谷，如此才是成就教育神聖事業的基本原則。

需 ䷄ 坎上乾下 水天需

【釋卦名】

需字從雨、從而；而字，自甲骨文以至篆文都是須（鬚的本字）。「而」字僅象鬚的形狀，「須」字則象鬚在面旁（頁是面的本字）的樣子，而和須兩字同。後來「須」字借爲須待之義，須、需同音。因此釋需爲須是一種假借。說文說：需、須立也，遇雨不進，止而少須，即少待之意。需卦象傳以「須」釋需，須是等待之義，雜卦傳釋爲「不進」，也是有所等待之義，從此以後孔穎達正義、程氏易傳及朱子本義均從其說。

鄭玄注易，釋需爲秀。他說：「陽氣（乾下）秀而不直前者，謂上坎也。」（古今韻會補引）這是象傳之說的引申。而以聲訓釋卦名。康熙字

典需下收有古文「雲」字。這是取「上」雨(段注說文:「雲上于天者。雨之兆也。」並引宋衷說:「雲上于天,需時降雨。」)「下」天爲義。頗合卦象。此卦象水在天上。未凝爲空氣,凝則爲雨水,雲上升到天,只要等待陰陽調和,自然就成爲雨。

卦辭 需,有孚,光亨,貞吉,利涉大川。

【語譯】

需卦,誠信,光明而又亨通,貞正自守才有吉兆,有利於涉水過大川的象徵。

【釋卦辭】

「需」,是須要等待的意思。卦德上坎陷,下乾健,健而能處在險中,所以叫需。「孚」是信用。此卦又以九五爲主,因此卦辭以孚取義,說明九五以剛中之才,而得正位於上,故信中有實,堅毅不屈,俟機行動,前途仍然光明亨通。貞是吉的先決條件,必須先有所待時而進的工夫。自從人陽極陰生後,乾中之陽,走於坤宮,坤實而成坎，坤中之陰，入於乾宮，乾虛而成離，於是假陰假陽用事，健者不健，順者不順，意不誠而心不正。健不知險，順不知阻，行險僥幸，無所不往。如何才是出險的工夫呢？首先要能信險，一信其險，內有主宰，戒愼恐懼，煉己待時，一舉一動，止於其所，不被客氣所傷。所謂「有孚光亨」是信險而能處險；「貞吉」是守正而能無險。既信險又守正，以健禦險，借險養健，待時而動，漸次導引，切不可自恃其健，冒然下手，跌入險境。大川至險，便是取坎之象，坎是陷陽之物，其險最大，倘能信險而以正涉險，時候未到而養健，時候到了便進健，不進之養之，不失其時，能以處險也能出險，健而無往不利，故能入於穴而探虎子，不但不被陰氣所傷，且能取坎中所陷的眞陽，歸於乾宮，這是利涉大川的由來。

大象傳

雲上于天，需。君子以飲食宴樂。

【語譯】

雲在天上，是需卦的卦象。君子從它瞭解到飲食安樂的道理。

【釋大象傳】

上坎水，下乾天是需的卦象，水氣從地上升於天，上升結而爲雲，雲生天上，雨可立而待。君子有見於此，知人之不能成其大道的原因，都是由於性躁行偏，陰陽不和的緣故。所以飲食以養陰，使陰去濟陽，宴樂以調陽，使陽去就陰。陰陽相和、內藏生氣，無中生有，不待勉強，自然而然，天地之氣絪縕，甘露自降；陰陽之氣交合，黃芽即生。所謂煉己待時的工夫，不是空空無爲，冥頑不靈，無所事事。說「飲食」，是指養身而身無傷的意思，說「宴樂」，是指養心而心無累，身心皆得所養，還丹易結。

爻辭

初九：需于郊，利用恒，无咎。

【語譯】

需卦的初爻：象徵離開了所居之地，但所去未遠，至郊而待，只要安守平常不妄動，是沒有災禍的。

【釋爻辭】

古時人所居住之地稱邑，邑之外稱郊，郊外爲野。初九是陽爻在下，有健而不用，自謙自下，在塵而能出塵，不爲名利所染，就像離上險最遠，在郊外等待。剛毅的人多才多能，每每不樂居於人下，恐怕有不固之咎，只有「利用恒」才能有始有終，而無半途而廢之咎，此爻是剛毅堅固之需。

九二：需于沙。小有言，終吉。

【語譯】

需卦的第二爻：開始靠近坎險了，身陷於河邊的流沙中，雖然小有言語之傷，但還沒太傷和氣，終究還是吉祥的。

【釋爻辭】

九二較初九又近於六四，坎爲水，一旦水近即有沙了，沙比之泥，雖然還遠，但比之於郊，則又更深入險境一步了。可見稍恃用健，即便有險，需沙之險雖非大凶，行動阻滯難免有閒言風語之中傷，稍值憂慮，然剛而能中，寬大爲懷，終究還是屬吉的。所以人處需卦，雖不免心有憂慮，然只要忍耐不屈，行事得中，那麼何止是消災解厄而已，還可以逢凶化吉。這是剛強躁進而知道處險之需。

九三：需於泥，致寇至。

【語譯】

需卦的第三爻：身陷於泥沼之中了，卻又引來盜寇。

【釋爻辭】

下卦連三個陽爻，剛強過度，九三離開中位，以災害程度言，已相當於隨時會有外敵來襲的狀況了。

人遭遇患難，大半都是由於自己過於剛直，不能持守中庸之道。一旦剛強躁進，不能待時，急欲成功，本要向前，反落於後。需泥之健，无險而自招險，這是剛強躁進而不知處險之需。

六四：需於血，出自穴。

【語譯】

需卦的第四爻：有見血的狀況了，要從陰險惡陷之地走出來。

【釋爻辭】

「血」，是由於兵刃等殺傷致成，而「穴」，指隱伏險惡之地，說卦傳說：「坎爲血卦，爲隱伏。」隱伏即穴象。「六四」已經進入上卦「坎」的險，可能造成刃刑之血傷，所以用等待在「血」中象徵。不過六四柔居柔位，雖柔弱但得正；因而不會輕舉妄動，自知無德而能順有德（與初九正應），借人濟己，不久就會由陷入的「穴」中走出，終不爲陰氣所傷了，這是柔而順剛之需。

九五：需于酒食，貞吉。

【語譯】

需卦的第五爻：象徵以安閒的宴食等待，貞固積久而後吉。

【釋爻辭】

「于」，同「以」，「酒食」是慰心實腹之物，慰心實腹，樂道忘年，時有險而道不險。外有險而內不險。酒食除了自養，又可以待賓客。九五以剛爻居陽位又得中，它雖陷入上卦坎陷中間，但能以其中德誠敬自守，身居險境而不憂，備酒食以自養其體，並須待下體三陽的賓客之來，是陷入險境而又善於處險，所以說「貞吉」。易經中，凡說「貞吉」，都是指積累而吉；「貞凶」，都是指積累而凶。倘若主運數言則單說「吉」或「凶」；主人事言則說「貞吉」或「貞凶」（馬其昶周易費氏學）繫辭傳所講的「貞勝」，即是貞固積久而後勝；而這一爻所謂的「貞吉」即是貞固積久而後吉。陽剛中正的九五，內有主宰，借假修眞，雖有險而無險，貞固於本位不動已經很久了，久而後通，下體三陽終於來相會，所以「吉」，這是剛而能守正之需。

上六：入于穴，有不速之客三人來，敬之終吉。

【語譯】

需卦的上爻：墜入險穴中，且有三個不召自來的客人，上六恭恭敬敬地接納才得吉。

【釋爻辭】

上六在需卦險的極處，應當出險而反而行險，終不免要墜入穴中。上六與下卦的九三相應，九三連同下二陽爻，本來就有向上揚升的躁進性格，前有險而待之已久，現在到了終極時刻，因而一擁而上，故以「不速之客」來象徵。上六柔弱，對三位剛強的不速之客，既無力趕走，只有敬之相待，化暴戾爲祥和。人的乾體三陽未虧是純全不死的，有生以來走失他鄉而爲客，待煉己修養而振復乾體，自一陽而漸至三陽純全，仍是我家之物，讓他作主我爲賓客，應當敬他，不敢有違，敬他不違，陰陽混合，金丹凝結，保命全形，便是保吉之道。這是煉己結丹之需。

需卦義疏

需卦，闡釋須待之道，時候未到想進必有所傷，時候到了而進，進則必通，就像成雲而降雨，都隨其自然之勢而不可遏止。六爻的時義，下體三爻為須待不進，從六四進入上體開始便有進而致通之義。

初九：需于郊。——喻剛而堅固之需。

九二：需于沙。——喻剛而知險之需。

九三：需于泥。——喻剛而不知險之需。

六四：需于血。——喻柔而順剛之需。

九五：需于酒食。——喻剛而守正之需。

上六：入于穴，敬之終吉。——喻煉已結丹之需。

等待是因坎險橫亙在前，待時而後進，入險才能出險。六爻之義，初九待于郊，不犯難而進，九二待於水邊的流沙，雖有小小言語之傷，也不害其為吉；九三待於泥水之間，也並未觸犯坎險，說明乾體三爻知險而皆能待。

到六四，三陽入險而能出乎險，到九五，三陽出險與九五相合會，需待之道已成。到了上六，「不速之客三人來」指明需極當變，卦體反轉而成下面的訟卦，通觀前後六爻，一卦的卦義非常明白。

訟 ䷅ 乾上坎下 天水訟

【釋卦名】

訟字在盂鼎銘文有「敏諫（即勅、飭）罰訟」的話，于省吾釋爲訟獄，從「訊訟罰取□錢」的銘文，可知在先秦早有訟獄的意思了，說文解字說：「訟、爭也。從言，公聲。」訟即爭；以手牽引拉扯叫爭，以言相爭叫訟。

兩造以言相爭，必有第三者（人、物或理）加以仲裁，才能定奪。所以卦辭中有「利見大人」。大人是能正己又能正物，能規人之過又能勸人於善，能破人之疑又能開人之慧，最爲吃緊。詩經召南、行露「何以速我訟」，毛傳說：「訟，爭也；言之於公也。」要裁斷雙方的爭端，唯有取決於一般公認的標準，因此公也是形聲兼會

意的字。

卦辭 訟。有孚窒，惕中吉，終凶。利見大人，不利涉大川。

【語譯】 訟卦，有信用被阻塞的意思。隨時要警惕自己，雖然中間能有小吉，但結果還是凶的。他有利見大人，卻不利於涉險渡川的意思。

【釋卦辭】 「訟」是爭辯是非的意思，卦德是內坎險，外乾健，上以剛健制下，而下以險境臨上；又比如心中懷著險詐之意，而外表卻自負剛健，遂有相訟之象，因此取卦名為訟。雜卦傳：「訟，不親也。」兩人爭訟，一定不親，險而不健或健而不險，不至於成訟，唯內懷險陷之心，又外行剛健，則爭訟必起。

在這一卦中，第二爻位是求決判，而第五爻位則是判決的決策者，因此依這兩爻的繫辭來看：「窒」是阻塞的意思。「惕」是心中恐懼的意思，第二爻位中，陽爻而陷於坎中，有孚而不能伸，才會窒塞恐懼，因此說：有孚窒惕，依變卦來看，需卦的第五爻（本卦的第二爻），從外卦而來，居於內卦的中間，是剛健而適得中位，無拒抗上位者的憂懼，因此中吉。但是所謂訴訟的東西，根本不是君子所喜好的，不可憑恃著自己有理而大興訴訟，所以最後，這還是凶的。而第五爻位呢？適爲剛健陽爻，且居中位，以坐尊位而善於作判決，每每能使得冤屈、抑鬱而得伸志，也沒有誤判的情形，才會說利見大人。但是外體乾卦：剛健而上進，但是卻有險陷在內，因此在是非曲直未斷之時，是應該畏懼小心，而不犯難行事。古代交通工具不發達，涉水視爲險事，齊心協力才能渡過去，處於爭訟時，人心乖離互不相親，豈能同舟共濟，如果強行渡河便要江中翻船。因此說：不利涉大川。

一般而言，興訟是爲了要求得公平正直，如果自己本身是對的，本來就應該盡自己所能，來贏得訴訟，但是事情本來就忌滿，更戒懼自我膨脹得意。使得冤抑得伸，也就可以了，不可以竟日逐勝，於訟海浮沉，否則雖然暫時得以滿足，卻會貽下禍患，使自己後悔，實在是該戒愼注意的啊！

大象傳

天與水違行，訟；君子以作事謀始。

【語譯】

天在上，水在下，行動的方向不同，所以是爭訟的象徵。因此，君子處理事物，在開始就應當愼重，未雨綢繆，以防止爭訟。

【釋大象傳】

「訟」，是論辨是非。上乾天，下坎水。天至上，水至下，天與水違行而不相合，這是訟的卦象。君子有見於此，知人的暴性陰謀，爭勝好強，是應事接物招禍之端，稍有不謹，外而傷人，內而傷己。因此拿這個道理作事，而愼謀於始，不訟於人而能訟於己。

不苟且一事，不隨便發作。凡是日常行事，修道立德都當成一回事，如果作事不愼謀於始，便見理不明，一定作的不當。性躁行偏，險事隨之發生，惟有愼謀於始，可作的才去作，不可作的止而不作，謹於始自然能全之於終。

卦象說：「作事」是健行。「謀始」是防險。愼謀而後作，不輕於作，那麼天下沒有不可作的事，天下也沒有不可成的事。

唉！躁行即是違行，行險即是招險，作事能謀於始，人心漸去，氣質漸化，以己合人，物我同觀，怎麼會有違行的事呢？

爻辭

初六：不永所事，小有言，終吉。

【語譯】

訟卦的第一爻：比喻所爭訟的事，不能長久，雖然有閒言閒語，最後還是吉祥的。

【釋爻辭】

這個爻，陰爻陽位不正，又柔弱無能，雖與九四相應，但中間有九二阻礙，無力排解糾紛。訟事不要拖得太多，何況處在訟卦的剛開始處，以在下位者而和上位者興訟，此事縱直，但卻不可長永於此事，以求全勝，如此終不免生小紛爭。一般來說，興訟本來就是起於不得已之時，並非是我們所喜好的，只有等法院裁決宣判才能停止了，所以不可以長久其事，而致懊悔，更何況，性柔而居下位者，最不可以不戒此事了。

九二：不克訟，歸而逋，其邑人三百户，无眚。

【語譯】

訟卦的第二爻：與訟失敗，只有回去了，退守自己的本份，和鄰里們安居樂業，便沒有災難了。

【釋爻辭】

「逋」是逃。鄭玄：「小國之下大夫，采地方一，成其定稅三百家，故三百户也」。「眚」，是眼睛生翳，散光，看東西生暈，有災病。此爻是以剛爻居訟，而上下相應，以下而訟上，九二剛正，本有直理，但是，上下之勢，卻不能逆轉和抗衡，只有逃竄，回家吃自己的老米飯，因此才會說：「不克訟，歸而逋」，此時，只有以寡約處己，如此則上無猜忌之心，沒有災禍。才會說「邑人三百户。無眚」，所謂曲直雖明，但上下猶勢。爲人不可仗恃己之有理，而悍起紛爭，以招咎患。

六三：食舊德，貞厲終吉。或從王事，無成。

【語譯】

訟卦第三爻：保食先人的德業，需要貞正不苟，才能渡過危險之時，終吉。或許可能從事王事，但終無成。

【釋爻辭】

「食」相當於食邑的食，古時做官的人，以分封采邑的稅收生活，並且世襲。「舊德」指先祖的遺德。舊是素的意思。

此爻，以柔弱而順其上，不像九二自下訟，而上亦不見爭奪，得以保全固有產業，才會說「食舊德」而不失也。所謂「食舊德」，便是指其素守分際。這個爻在訟卦中，陰柔不正，居下之上，雖有欲辯之爭，當安守其分，待上之聽斷，不要直拗起訟紛事，而終自取其辱。如以貞定固守，縱身在危厲之地，終有吉。所以說：「食舊德，貞厲終吉」，另外若有時而從王事，以自己才柔地險的處境來看，德業當歸美於主人，不可居於己功，才會說「或從王事，無成」，所謂與訟，事實上只是一種手段，如果自己的才能，沒有到達勝訴的地步，最好還是唯上位者之號令而聽從，但不可強求才是。

九四：不克訟，復即命，渝安貞，吉。

【語譯】

訟卦的第四爻：打不贏官司，只有回返原來的天命，變而安於貞正，才會吉。

【釋爻辭】

「復」是反，「即」是就的意思。「命」是天命，亦即正理。「渝」是變。處上者而訴訟下者，是可以改變官司，故其咎不大。但若能反從本理，變前之命，安貞不犯他人，不失正道，爲仁行正且反求諸己，最後吉兆。仍然屬於自己的。所謂反安天命，變剛忿欲訟之心，而安處其貞。

九五：訟，元吉。

【語譯】

訟卦的第五爻：在至尊之位，陽剛又至中至正，象徵公平、公正、合理的裁判訴訟，因而吉祥。

【釋爻辭】

此爻在訟卦中，以中正（陽爻）而居尊位（五），算得上是個長於判決的人。如果訴訟的人，碰上他，即可說是非常吉祥的。因爲訴訟本來就是辨明是非，判斷曲直，才過剛直，會有過於苛刻要求的過失，而過於柔弱，卻會有太過於寬縱的誤差，因此只有中正，才能拿捏得好分寸啊！

上九：或錫之鞶帶，終朝三褫之。

【語譯】

訟卦的第六爻：才得到賜贈衣帶的誥賞，卻轉眼遭到三次剝奪啊！

【譯爻辭】

「錫」同賜，「鞶帶」是古時依身分頒賜的寬大腰帶，以顯榮耀。「褫」，音彳，是奪衣。「或」是不定之辭。

此爻在這裡，剛好處在訟卦的最頂端，用陽爻（剛）來居上位，是所謂勝訴的意思，因爲訴訟而得到恩賜，那麼這種榮華富貴怎麼能夠長久呢？因此才會說，從早上到晚上的時間，卻被剝下衣帶有三次之多啊！難怪好久以前，孔老夫子便告訴我們：「聽訟吾猶人也，必也使無訟乎！」。足見，訟有所得，得而復失，獲勝覺得很榮耀，而羞辱則隨之而來，孔子要人無訟，是訟敗固然不好，訟勝者也是敗，爭訟沒有成功的而「終凶」。

訟卦義疏

訟卦說明了「事不一事，作不一作」的道理，以避免爭訟，爭訟不是好事，所以六爻之義，都是以不訟而得吉，成訟則「終凶」。

初六：不永所事，終吉。——是柔而不訟者也。

九二：不克訟，歸而逋。——是剛而不訟者也。

六三：食舊德，貞厲，終吉。——是柔而能順剛，不成其訟者也。

九四：不克訟，復即命渝。安貞吉。——是剛而自反，不果於訟者也。

九五：訟，元吉。——是正人正己，能使無訟者也。

上九：一賜而三奪，所得於人者少，而所失者多，是有己無人，終敗其訟者也。

通觀六爻，初、二、三、四、五都未強行爭訟而得「吉」與「無眚」，只有上九爭訟不息而「終凶」，我們應該可以深自警惕了。

本卦尤其珍貴的地方是，它說明人之「爭訟」的根由：人受後天陰陽五行之氣而成身，受陰氣多的人性陰險，受陽氣多的人性暴躁，陰陽之氣雜亂的人，陰險暴躁兼而有之。這是氣質之性偏雜使然。惟有大聖人能化其氣質，其次中下之人被氣質所拘，偶有觸犯，陰毒發而躁性起，爭勝好強，鬼計百出，損人利己，鬥口鬥智，辨是論非等等乖和失中之事，都叫作「訟」。

修德君子，須眞知明察氣質之性爲害最大。依世法修道法，先將陰險暴躁之氣，一筆勾消，健於內而不健於外，外境有險而心絕無險，可以漸化氣質，不在是非場中鬧了。

然而身未離塵世，仍有患難相侵擾，我雖不陰險，而人以陰險來傷我，我雖不暴躁，而人以暴躁來欺我，這種無緣無故的陷害，自信處心無愧，其中受屈，窒塞不通，事在不得不辯明的，但欲辯之於外，不如先自訟於內，自化氣質。所以卦辭上說：「訟有孚窒。惕中吉。」能惕於中，邪念止而正念生，窒塞可通，陰險可化，佔勝心可化除。否則不能惕中，因小忿而失大事，躁性外發，陰謀內生，未得於人，早傷於己。始而不愼而終必凶。

然而也有事惕於中，自訟不明，有不得不一定得告於人，借人分辨其是非邪正的，只好委諸「大人」公正的裁判了。「惕於中」是爲能自化氣質，「見大人」是爲能擴充識見。惕於中可以見大人，不惕中便是涉險於大川，如果恃一己之陰險，爭勝好強，陷其眞而從其假，訟非所訟，自招其禍，這便是不利涉大川了。

因此修道君子能不早點自訟嗎？

師 ䷆

坤上
坎下

地水師

【釋卦名】

小篆解釋「師」（師）爲從帀從𠂤；帀俗作匝，作「周徧」的意思，𠂤俗作堆，說文解字：指大陸，因阜字象土山高原，層累而上之形，又有周徧之義，所以引申爲大，盛或厚眾之義。古人爲避洪水猛獸，往往相率擇居於丘陵高地，後人以「師」爲眾，京師即指京地之邑爲人民居處所在，更後借喻爲兵卒，本卦兼用了眾人和兵卒兩種意義，即有一人而統眾人之義。

卦辭

師，貞。丈人吉，无咎。

【語譯】

師卦，有貞正的名分，又有老成鍊達的丈人作統率，則可以无咎。

【釋卦辭】

師卦之卦德上坤順，下坎險，順而行險，因凶險皆藏伏於至靜大順中，故謂師。與師動眾去剿賊，首先正名分，亦即聽從天命，符合眾望，伐去邪惡，伸張正道，如果以小人爲統帥，一昧貪功好伐，則一敗塗地。就修道者言，此乃借陽（眞）退陰（假）之卦，若能以正除邪，以眞滅假，以五德中道而行則能得吉而不致招咎，猶如「師貞」，而若再得老成鍊達之丈人，曉明善惡，辨分邪正，知吉凶，識急緩，如此剛柔並濟，仁義並行，通權達變，則就能行險亦得順，吉而無咎。設若未得丈人，則見理不明，邪正罔分，不但不能退陰反而助陰而反致其咎。故要如何才能致吉成道呢？這就如人般當先天未失之時，純是天眞，好像國家太平時擁有智士良將備不用，而後落入後天時，六賊作禍，七情猖狂，此時國家有事群寇作亂，要是沒有刑殺剿除之道，則不能使國家轉危爲安，故以金丹有爲之道煅去後天一切滓質，不留纖微之疵於方寸之中，就能進陽退陰復見當初原本渾然天眞，完完全全之先天本性，這即是「師」道對我們修道，行道，了道的寶貴處。

大象傳

地中有水，師。君子以容民畜衆。

【語譯】

大地貯有豐富的水是師的卦象。君子見此卦象，當如大地般包容，養育人民。

【釋大象傳】

師卦爲☷（地），☵（水），上坤地，下坎水乃地中有水之象，地大而能容衆水，猶似主帥統衆兵，而諸水潤滋大地，又似兵衆聽命主帥。故君子若能明白其中寓理，就知悉人身中之五元（精，神，性，情，氣）就猶如民也，而五德（仁，義，禮，智，信）即如衆也。此「民」此「衆」即爲人生之大本，不可不保惜之，要容「民」以固本，更要畜「衆」禦外患，但必先安內而後才攘外，攘外先必內安，如此內外相濟，縱橫逆順，無不遂心。實乃人之身猶如一小國，以此

「師」之道，而容民（五元），畜眾（五德），面對後天諸多挑戰，就能順行而無所窒礙了。

爻辭

初六，師出以律，否藏凶。

【語譯】

師卦初爻：如軍隊之出征，若無明律，則有失敗之凶險。

【釋爻辭】

「律」本為樂律，古代出征，一開始先奏軍樂，以振起士氣，鼓舞鬥志，軍樂又代表行軍作戰指揮的號令以節制進退，它能反應全軍的紀律狀態，師卦的初、上爻為行軍作戰的始終。「否」為不意，「藏」為好意，「否藏」意即「不好」。初爻為六，柔弱，故有「否藏」之象。初六在師之初，要知層次火侯，進退秩序，依律而行，而謹慎於始，自然能決勝於終，不但不會為陰氣所傷，更不致招凶了，此爻在告知「退陰貴明火侯」律則的重要性。

九二：在師中吉，无咎，王三錫命。

【語譯】

師卦第二爻：在師旅中心，是吉利的，沒有災咎，得到王者三度褒揚的榮譽。

【釋爻辭】

師卦的第二爻是此卦唯一的陽爻，處於下卦的中央，如主將在軍中，又上與六五（君位）陰陽相應，而此兩爻相隔三位，故有三頒爵命之意象；周禮有云「一命受職，再命受服，三命受位。」，象徵君王將統率大權完全委託給他。故九二剛中有柔，有進有退，隨時變通，非但不爲陰氣所傷，且能點化群陰，而歸於正，如此在師旅中能得吉而無咎。此係外爐煅燒「火侯」加減之功所致，亦即要內求主宰，誠一不二，內外相濟，方能全吉，如王三錫命，君信臣，而臣能報君，焉有不成其功之理？

六三：師或輿尸，凶。

【語譯】

師卦第三爻：象徵與師作戰，有用大車載尸的現象。

【釋爻辭】

「輿」作「眾」解（左傳：晉侯聽輿人之誦。）。「尸」與「死」同（呂氏春秋期賢：扶傷輿死。），輿尸謂戰死而舉其遺體。第三爻陰爻柔弱卻居陽剛九二之上，有偏凌奪帥之勢。此爻隱喻：不知退陰而冒進者，猶如不知火候進退之法，愚而自用，行險徼幸，欲求長生，反而促死，有如人在後天若不知進退內聖外王，則外陰上身必招凶咎。好像軍中大權旁落，此師出無所依循，必招敗亡，結果是用大車載回眾多的死屍罷了（如人招致更多的敗德惡習一般），此即不知退陰而招險，故其象凶。

六四：師左次，无咎。

【語譯】

師卦第四爻：有偏師左次的現象，沒有災咎。

【釋爻辭】

史記注：「右猶高，左猶下」，如古時官員降級稱「左遷」。左傳：「師一宿爲舍，再宿爲信，過信爲次」，次即爲宿營之意。六四質雖陰柔，但陰居柔位，處在多懼之地，象徵自知力弱之自知之明。兵法上說：上將居左，偏將居左，那麼右爲重兵，左爲不用之地。偏左次，是指一支非主力偏師部隊。未戰勝立功，但保存了自己的實力而未受到損傷。此爻又喻人身，自知無造命之學，亦不敢妄作妄爲，而能自守本份，好像師左次，如此雖不能退陰，亦能守正，也可說是無過了。

六五：田有禽，利執言無咎，長子帥師，弟子輿尸，貞凶。

【語譯】

猶如田地若有了傷害未稼之禽獸，好像有敵入侵而利於出師聲討，沒有災咎，又有長子做統帥，其餘的弟子們，便有輿尸而歸的現象。雖然貞正，還是有危險。

【釋爻辭】

「田」是狩獵，「禽」是獲物，「執言」是發表意見責難對方的過錯，加以聲討的意思。師卦之上卦爲坤☷，坤爲地故稱田，六五之柔爻與下卦之 坎中爻九二相對，「坎爲豕」（說卦），如是下坎上坤，如田野中有野獸之象。此六五柔順得中，虛心自處，物來順應，使其外來之氣自消自化，如田有禽，利執言。但理能服君子，法可制小人，要有剛有柔，若獨柔無剛，反易敗事，有如以長子（九二）帥師，柔以剛來濟能成事，若弟子（六三）輿尸，則獨柔無剛，反易敗事，猶如人之退陰必須剛柔並濟，有守有爲才是。

上六：大君有命，開國成家，小人勿用。

【語譯】

師卦之最終爻，喻戰事已結，元首頒勳封侯之時，而一般之人雖有功然無德，祇適酌賜財物，不宜重用。

【釋爻辭】

大君意指君王元首。上六象戰事結束，理應論功行賞賜地封侯。但切忌小人因此得勢，擅作威福，禍國殃民，故言小人勿用。此爻喻人身至此客氣悉化，無需再用刑殺之道，意即外陰皆去，心君自主，但一念善則存之，一念惡須去之，有功賞，無功罰，要如大君有命開國承家，小人勿用；以拔盡一切歷劫輪迴之種子而後已，即退陰必須至內外清靜而後已。

師卦義疏

師卦卦義可分爲興師和行師二層，強調師出有名，順從天命具備貞正之德。初六爲行師之始，以軍律調合士氣，鼓舞奮發。九二爲主師，辨明身分，統率三軍之戰功。六三爲偏將，才質柔弱，愚昧逞能，冒進遭殃。六四有自知之明，駐守多日未致傷害元氣。六五爲君主選將任能很得當，上六爲行師之終，分封建國，論功行賞，全卦層次分明，乃寓民於兵，借兵家刑殺之道，而來譬喻人身，面臨後天俗事，須心有主宰才能克敵制勝，然「師」首重「師貞」，即須得堂正之師（五元、五德），方能天下歸一心，取得致勝之先機，尤如以「一」帥眾而成「師」。然此「一」之得，須重退陰返陽之法，明白性命之學，借重各爻所象，以九二剛柔並濟，通權達變，有爲有守，進退有序，才能點化群陰而不爲群陰所傷，此乃有爲後天之法能成化先天之功也。吾修道之人不能不多加參修而師法啊！因師者「法」也。知而行才是上上之策，多在修道路上鞭策自己，看重琢磨之功夫，猶如得道後，更須師法前賢，精進修持，才能至開國承家境界，歸根復命之終的。

倘若我們以進德修業的進程來看，整個師卦是借易退陰的卦：

初六：師出以律。——這是指退陰（敵）貴明火候。

九二：在師中吉。——這是指退陰（敵）必須內外相濟。

六三：師或輿尸。——這是指不知退陰（敵）而冒險遭凶。

六四：師左次。——這是不能退陰（敵）而能守正的情形。

六五：長子帥師。是柔以剛，能夠成事；弟子輿師。是獨柔不剛能以敗事，——這是退陰（敵）必須剛柔相濟。

上六：大君有命，開國成家，小人勿用。——這是指退陰（敵）必須內外清淨才可。

綜觀六爻都有退陰之道，吉凶不等，只有九二有剛有柔，通權達變，能夠點化群陰，而不被群陰所傷，有爲的工夫最吃緊。

比 ䷇ 坎上 坤下 水地比

【釋卦名】

比的古文𠤎，意即跟著別人的腳步，音「避」。彖辭：「比，輔也，下順從也。」小篆（𠤎）會意；二人爲从，反从爲比。是以此從彼，或以彼從此之意。說文：作「密」解，乃親密相比之稱，意即彼此意同心合而主動相近之意。論語里仁：「義之與比」，比又有「從」之義。周禮地官大司徒：「五家爲比」，有近鄰之義，如比鄰，此乃古戶籍之制，設比長以統領五戶；如比卦之一陽統五陰象。

卦辭

比，吉，原筮，元永貞。无咎，

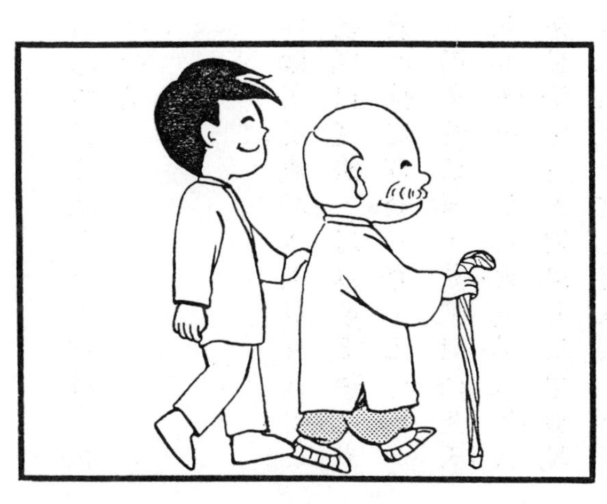

不寧方來，後夫凶。

【語釋】

若能相效於「眞」於「正」即有吉象，又能比其原本天生之面目，則就永恒貞固而無咎，但若心未寧意未堅，則途窮勢竭，必招凶戾。

【釋卦辭】

原筮指在蓍策未分之時，在人時指人之元仁，即陰陽混成時之天眞。此卦一陽（九五）居尊位，上下五陰，皆順從一陽，又卦德順以通險，乃以陰順陽之卦猶如此五陰不陷陽而又能順陽，陰陽相合，五行一氣，性定命凝以邪「比」正，以陰「順」陽，以假「類」眞，比卦之吉莫貴乎此。而假要法眞，是要效法先天原本純陽元氣，陰陽混成之眞，以修得永恆堅固之元善美德，但此元氣落入後天爲世俗所蔽不易尋得，若無虛靜之心堅篤之志，行依世法修行，則陷於坎中險境不寧之眞陽反使群陰來犯它，若此以他家客氣來法我家主氣，宜先者反後，宜後者反先。顚倒其比，必定自取凶險。

大象傳

地上有水，比，先王以建萬國，親諸侯。

【語釋】

地上有水，這是比的卦象。聖人見此卦象應分封諸侯、建立萬國、親撫民眾、像水滲入大地般，公平地相互親近。

【釋大象傳】

比卦上坎水下坤地，是地上有水，而水流潤及萬物通行無阻於大地之上有比之象，古時先王體會這道理，知天下之大，一人之力有限，不能以親萬民，故建萬國，封地予諸侯，制定朝覲典章，使諸侯各親其民，親其所不能親，而又使諸侯互相友善，君王亦能親諸侯，如此不能及者亦及之，遠民不能親之亦親之。遠近皆親，帝王之治就能無遠弗居。修道人若知此理，反諸其身，知陰陽五行五德就如建國諸侯，若能陰陽調和，五行一氣，五德相合如親諸侯般，則萬緣俱化，萬善同歸如親萬民般，又從卦體中之一陽居九五中正尊位之象，體會道心所在，道心發現，仁義禮智根於心，以道心統合陰陽，天理渾然而成，道心凡心相親相合，如水流大地，無處不通，無事不成，必能成道矣。

爻辭

初六：有孚，比之无咎，有孚盈缶，終來有他，吉。

【語譯】

比卦的初爻：與人相處，皆發自於眞誠，則眾人與你友善相處而無咎，若長久使誠信像汲水盈缶的充滿心胸，則往往到最後尚能獲致其他的好處。

【釋爻辭】

比卦的初爻，以柔居於剛位，雖與主爻（九五）互不相應，但正由於無所相應，而自卑自下心無遍應而誠發於中，與人相處則始終如一故無咎，若長久保有此孚信充塞於心中至始至終相信與周遭之人相處，終必圓滿成功。人秉天地陰陽五行之氣生成，而五行之氣其實是一氣來往運用即由中「土」至金、水、木、火、又回「土」，發之於五元此中土即「元氣」動之則爲信，而信之表現要誠一不二。

比卦初爻揭露此信的表象，對吾人於後天爲人處世莫不是提出一最佳準則。

六二：比之自內，貞吉。

【語譯】

比卦的第二爻：親比之誠，發諸本心則貞固吉祥。

【釋爻辭】

此爻居比卦第二爻，柔順得中，且上與主爻九五相應，未比於外之時，就先能比於內，此乃不自失也，既然不自失，自內之比則煉己持心，隨時採藥既有外應，而又不失自我，則當然有吉象。現今社會中不少人，迷於外之假象，頓失自我，根既失則如浮萍一般永無定所，不滅不亡豈不怪哉？修道者，即知我即佛性，就該自比於內持心修持，才能圓滿。

六三：比之匪人。

【語譯】

比卦的第三爻：所親近之人皆非其人。

【釋爻辭】

本卦第三爻，不中不正，相對之上六，上承之六四，下乘之六二，完全同屬陰爻，無從呼應，爲所親比者皆不得其人象。以人際關係而言，若一性質本愚之人，又群與小人爲伍，則終日無所效法，無益且損，何貴之有？固吾修道人對交友之取捨自應有所分寸。

六四：外比之，貞吉。

【語譯】

比卦的第四爻：此句承上句，即若外比得其所人自當有吉象。

【釋爻辭】

六四與初兩陰不相應，卻上承陽剛的九五又與之同在外卦，又居柔位，可謂得正，故有吉象，此以柔比剛，雖柔但必強，外比得賢，雖愚必明，而能見賢思齊，此時內外相得益彰，必有所獲，所謂近朱者赤，近墨者黑，不正是指此嗎？

九五：顯比。王用三驅。失前禽，邑人不誡吉。

【語譯】

比卦的第五爻：比象至此已光明正大，有如王者狩獵之道，由三面驅禽，開口的那方逃失之獵物，隨其逃失。如此昭然之心，自教平時不能親之及之小百姓不會有誡心，如此堂正自有吉象。

【釋爻辭】

九五陽爻居尊位，於此卦中獨具其光顯之象，剛健中正陽氣足而陰氣自化正所謂顯然之比，而此顯然之比，絕非勉強，而皆出於自然天生之心，就如王者驅禽而舍前禽去者不追之法，如此收順放逆，用之於施政親民，自會使小國邑民前來附屬。吾修道者，體會此理，要知眞陽眞陰至此全合取眞舍假，眞者來而假者自化，如此逆順皆元，方寸之中湛然常寂，至善無惡，雜念不生，內外一氣，如此爲人處事皆應以中五發出之五元五德爲準，動靜皆先天用事，就算偶有喜怒哀樂之跡象，皆出自無心，合而中節，如此才能圓滿具足。

上六：比之无首，凶。

【語譯】

比卦的上爻：親比他人之終，眾人之棄自取其凶。

【釋爻辭】

上六與主爻九五聯位，不能與九五相親近，以此陰柔之質象，如人愚而自用，既不能內比，又不能外比，而致依一己之陰，隨心造作，終無出頭之日，是比之無首也。而無首之比，空渡一世，到老無成眞是可悲。世人不知眞者何物，勞碌一生隨波逐流認假作眞，到黃泉之日時猛然回首才知孑然一身啊，修道者修身修心該隨時警惕自己，親所該親，比所該比，才不失方向。

比卦是指以陰順陽的修持工夫：

初六：有孚盈缶。──這是信比而得吉的情形。

六二：比之自內。──這是自省內比得正的情形。

六三：比之匪人。──這是外比不正，與小人爲伍的情形。

六四：外比之貞。──這是外比得正，見賢思的齊的情形。

九五：「顯比」。是出於自然，「用三驅」是取眞收順，「失前禽」是舍假放逆，取眞舍假，眞者來而假者自化，收順放逆，順者得而逆者自無。──這是內外一氣的情形。

上六：比之無首。──這是始終不知比於人的情形。

比卦卦義在喻知要比效眞師，不要比效匪人，務其得其人而非其人。初或歸於比之無首。初六信比而終吉，乃自渡自審虛心才能實腹發出眞誠，六二內比之得正，即煉己持心，隨時採藥，欲取於彼而不失於我。六三外比不得正，即比之匪人，無益且損。六四外比又得正，法之得人，共輔共成，九五內外一氣之比，謂人我無二，一心一德取其善舍其惡，放諸四海皆準。上六始終不知比人，剛愎自用，不能效法他人，無異自滅生路，全卦強調要比、要學，要知原筮之物。我修道之人對比卦的卦義要琢磨再三；大學言：「苟日新，日日新，又日新。」，即要我們「心浴」，浴除內心貪嗔痴愛，回復本性，若能以無道而比有道，以無德而比有德，實踐力行，務期使自己道歸中正，日日新，又日新。而今道場上諸多前賢之風範更是吾輩不可不親近的眞師，且得道後又知原筮何物，兩者皆得而能比，該是功德圓滿最佳之礎石。

小畜 ䷈ 巽上乾下　風天小畜

【釋卦名】

畜的本義是蓄積，古文畜作「畱」，與與獸字有關，周禮天官獸醫賈公彥疏：「在野曰獸，在家曰畜。」這是農户豢養畜類的情形。說文説：「畜」是田畜義，許愼以爲它是魯郊禮「𤲸」字的省文説：「𤲸，从田从茲，茲，益也。」「田畜」段玉裁注：「力田之蓄積」，意即努力耕作所得的收穫，而後來擴大它的含義，凡是「養育」都可以用畜字加以稱説，易經大小畜卦的取義就是蓄積涵養的意思。小畜乃是養之小者以畜大也，是「以小養大」之義。

卦辭

小畜。亨，密雲不雨，自我西郊。

【語譯】

小畜，將可以亨通，象徵從我西邊的郭外，有烏雲密布，尚未降下甘霖。

【釋卦辭】

小畜是畜積不足，還不到陰陽飽和的狀態，或許有外來的因素沖激，也力不從心，還不能隨心所欲的積極有所作爲。「密雲」是陰，「西」是陰方，都象徵力量蓄積不足。當文王被囚羑里，撰述卦辭的時候，正當於「小畜」之際，由羑里看，周在西方，所以說「我」。卦德上巽優下乾健，就卦象而言本身只有一個陰爻，代表陰盛陽衰，即企圖意志過盛而事實力量卻顯不足，故叫「小畜」。

承上面的師卦而來，想藉陽退陰，關鍵在是否能養其陽，要能養陽，則應以小自居。滿而不盈，剛而不躁，有若無，實若虛，不自大自滿，故德性日增，可以進達聖賢之境，這是小畜所以有亨道的原因。

小畜若太過於小，反而剛隱柔現，柔道用事，志氣下振，積弱無能。畜小亨微，大道難成。猶如密雲不雨自我西郊，因而陰氣凝結成雲，但陽氣卻無法通暢成雨。只雲不雨，生機轉息，陰盛而陽衰。

大象傳

風行天上，小畜。君子以懿文德。

【語譯】

小畜象徵風行天上畜積力量，君子美化自己的文德以至由小而大由微而著。

【釋大象傳】

在不足中的小畜，可以充不足，由小畜而能大畜；小畜的意思，就是溫潤的涵養，以小養大。卦象上巽風下乾天，是風行天上。風行地上可以鼓動萬物，所養者廣。風行天上只可清熱解躁，所養者小。是故君子要知道盡性致命之學，乃竊陰陽，奪造化，轉生殺，扭樞機之大事，非得心傳者不能行。「以懿文德」的懿是美的意思，也就是裝飾。而文德就是威儀修德。修道者應應物平順，執事恭敬，言語謹愼，藏剛用柔，瞻前顧後，自然沒有失德的行爲。有如風吹天上，躁氣悉化一般。因爲風有氣而無質，能畜而不能久，故取爲小畜的象徵。

爻辭

初九：復自道，何其咎？吉。

【語譯】

小畜的初爻：是乾卦自己反復本原的現象，那裏會有災咎呢？當然是吉的。

【釋爻辭】

下卦是乾應當在天上，欲上進，但被巽體所畜止，初九剛居陽位得正，應六四爻，在上升途中，六四不足爲障礙，仍可循正確的途徑返復本來之位，因初九返原歸本，符合小畜的畜止之道，不但無咎，還得吉。

就修道者而言：剛而居卑，韜明養晦，抱道而處，不以外假而傷內眞，是能復於自道之義。能反原復本，雖畜養小卻能合於正道。剛氣日增，不但無咎而且致吉，這是大而自小之畜。

九二：牽復，吉。

【語譯】

九二爻：牽引恢復，吉祥。

【釋爻辭】

九二剛健，又在下卦的中位，剛居柔位。與初九攜手並進，當可突破九五剛敵的阻礙，返回原來的位置，不偏不倚，不失原則故吉。就修道者而言，剛以柔用，敏而好學，不恥下問，結交有道君子，彼此資益，明善復初，是爲牽復。牽復的畜，外愈虛而內愈實，小反而得吉。這是大而知小之畜。

九三：輿說輻，夫妻反目。

【語譯】

九三爻：卡住車子輪軸的曲木脫落了，車子不能走。又如夫妻怒目相視，沒有辦法正其家室。

【釋爻辭】

「説」是脱落的意思，「輻」是固定車輪在輪軸上的掣栓，相當於現代車子的煞車桿。九三陽剛不得中位，上九是陽，不能相應，就像車子的輻軸脱落了，非常危險。而且九三和九四一剛一柔有如夫妻，但丈夫卻想要出門尋歡作樂，夫妻反目不和，以此借事明理。就修道而言，九三剛而自用，有己無人，乖和失中，終必敗剛，是大而不知小之畜。

六四：有孚，血去惕出，无咎。

【語譯】

六四爻：誠信互助，能躲避流血傷害，解除憂懼，沒有災咎。

【釋爻辭】

六四是唯一的陰爻居柔位，為小畜的主爻。以一柔而畜止眾剛，阻止三陽亢進，自身力量薄弱，有受傷流血的危險。但是六四與九五彼此提攜，誠信互賴，因此，能去掉憂患解除恐懼。就修德而言，六四以無能而處於有能之中，必有血傷之禍，然柔而得正。自信一己純陰爲害最大，而藉他家之陽儆惕勉力，煉己持心。有害而轉無害，此小而知大之畜。

九五：有孚攣如，富以其鄰。

【語譯】

九五爻：居中而正，有孚誠，眾陽皆來應，牽繫緊密以相從，自己富有，也使鄰居富有。

【釋爻辭】

九五至尊中正，具有實力，可以協助相鄰的兩爻，只要排除私慾，誠信共進，不但自己富有，鄰人也得到幫助。攣如：本指手握攏的意思，引申爲牽連在一起，不可分離的樣子。就修德而言，九五陽剛而巽進於中正，眞信在中，陰陽混合。金丹凝結，是有如牽連相生，攣如之信。本固邦寧，命基堅牢，急須化其氣質之性，以歸眞知之信，此小而藏大之畜。

上九：既雨既處，尚德載，婦貞厲，月幾望，君子征凶。

【語譯】

上九爻：既和又止，畜道已成，應當積德載物，婦人貞正自守但居上壓制丈夫，結果很危險，月盛近於望，君子出走會有凶災。

【釋爻辭】

上九剛居柔位，在小畜之終。如陰陽沖和下雨，並且下在應得的處所。婦人挾德而居高位幾乎敵陽，會有危厲，像月盈而幾近於望，轉圓爲缺，君子動則凶。修道者所以用陰者，持以制暴躁之假陽耳，假陽既息則眞陽須進。小畜之終，正當大畜之時，若終於小而不能大，陰反傷陽，如月幾於望，光明漸虧，此小而不知大之畜。

小畜義疏

小畜各階段的含義是：

初九：復自道。——大而自小之畜。

九二：牽復。——大而知小之畜。

九三：輿脫輻。——大而不知小之畜。

六四：有孚，血去惕出。——小而知大之畜。

九五：有孚攣如，富以其鄰。——小而藏大之畜。

上九：婦貞厲，月幾望。——小而不知大之畜。

通觀六爻，小畜本有亨道。祇在於人如何處小居小而已。處小適當，則以小養大而得吉；處小不當者，則以小害大而招凶，學者當知如何看小火的徵兆，知所趨吉避凶。下三爻乾體對六四一爻，若即若離。所以初九、九二得吉，九三則凶。

上三爻由小趨大，由不平衡趨向平衡，最終達到平衡，九五「有孚攣如」則結爲一體，最後再以盈滿告誡，不可貪得無厭，必須適可而止，積畜過量易滿招損，反而凶險。小畜原有的亨道，即在於人如何處小的態度，當在小時，宜應以小而畜大才可致吉。若處小而不服小，不知小，反而以小害大而招凶。

小畜和大畜不同，小畜是一柔陰畜養五陽。陽剛畜止而陰柔積蓄。這一陰是居四，不是六五的正位，力有不足，所以畜養較難。但不因力不足就不畜，力不足更要畜。大畜由小畜而來，畜小以致大，小畜乃是柔道，收教化復禮之功。

履 ䷉ 乾上兌下 天澤履

【釋卦名】

履和小畜兩卦相反對，「小畜」是止，「履」是行。序卦傳說：「履，不處也。」（就是不居的意思，要動，不能停止不前。）程頤說：「履，踐也。」踐履不處也就是行走。說文解字：「履，足所依也。」易序卦：「物畜然後有禮，故受之以履。」繫辭下篇：「易之興也……是故履德之基也……履和而至……履以和行……。」人的舉止行動不可逾越于禮，所以履卦又釋為執禮，踐履執禮以謙卑和順為貴，因此履卦主用柔不用剛，所以說「柔履剛也」。以一卦的六爻而言，凡剛爻居於陰位都是用柔而能踐履執禮，凡居於陽位則都是用剛而不能踐履執禮。

卦辭

履虎尾，不咥人，亨。

【語譯】

追隨在老虎後面，人是不會被咬傷的，而有亨通，吉利，純眞的現象。

【釋卦辭】

「履」，前進的意思。卦德上乾健，下兌悅。是進陽防危之卦。承上「比」卦而來，「比」卦陰順於陽。可是要陰順，須先進陽於中正，故進陽之道宜先。人的眞陽本來就俱有，不必他求，可是後天交後，眞情昧，妄意生，眞陽走失於外。若要招攝復返，須求於兌，兌爲少女，代坤母行順道，以陰極復陽。因兌性和悅，和能緩，緩能行。悅能信，信能持久。能緩能信，可力行而不怠，還乾元本來面目，不爲假陰假陽所傷。如履虎尾不咥人，而有亨道。虎爲陽剛的表徵，老虎所經之處，豺狼等肖小必逃逸。且虎行剛猛，不似陰蛇地鼠狡滑，提防有反噬的危險。故履虎尾瞻前顧後，不即不離，循序漸進，防危慮險，火侯不差。將陽還而爲純，更得其殺中之生氣，保全性命，進陽無阻。

大象傳

上天下澤。履，君子以辯上下，定民志。

【語譯】

天最高，澤最卑，這是履的卦象。君子見此卦象，可以辨明尊卑上下的名分，疏導人民認識明確履執禮，不可逾越。

【釋大象傳】

所謂「履」，乃是登進的意思。上乾天，下兌澤。天覆於澤上，澤仰於天，說明上下有一定之位，不可錯亂。是故知形而上者謂之道，知形而下者之謂器。使大小有分，尊卑有別，不致妄想過履。

就修道者立場而言：君子爲陽，小人爲陰。能辨清上下之道，則是非邪正自明。非禮不履，扶陽抑陰，修眞化假，使內念不生，外物不入，萬有皆空。使自己不再被一切的俗情塵緣所惱。履的卦象，兌爲陰金，妄情也；乾爲陽金，眞情也。陰在陽下，陽在陰上。妄情不起，眞情常存。眞情是無情之情，以無情之情來剋制有情之情，如同貓抓老鼠雪上澆湯，片刻之間，災轉爲福，民志定，敗道消。可是定民志全賴能否辨上下，辨一分定一分，辨十分定十分，有稍許不明，就有稍許定不住。所以聖人盡性至命之學，先要窮理。

爻辭

初九：素履。往无咎。

【語譯】

履卦的初爻：象徵素位而行，不爲物遷，如此前往便可沒有災禍過失。

【釋爻辭】

初九心強氣壯，素信於履道，必可信於履而能履。如此往而下手修爲，當可進於無咎。

九二：履道坦坦，幽人貞吉。

【語譯】

履卦的第二爻：有行走在平坦道路的象徵，正如隱居不出的士人君子，心胸坦蕩而秉持一純正之志節，如此自然吉利。

【釋爻辭】

履道坦坦，可樂在其中，眞悅自然而生，不戀棧假悅。只有守貞如一幽居的人，才能無貪無求，而爲樂道忘年之履。

六三：眇能視，跛能履，履虎尾，咥人，凶。武人爲于大君。

【語譯】

履卦的第三爻：象徵一隻眼睛偏盲的人，只能看到一面或看不見眞象。而一個跛廢的人，雖能走卻有所偏頗。如此一來，走在老虎後面，反而會造成老虎反身咬傷，所以大凶，同時有剛愎自用，心謀不正的武夫想作君主之象。

【釋爻辭】

此爻陰居陽位，不中不正，所以凶險。愚而自用，不知藥物火侯。以不明爲明，不能爲能，貿然行道，有如瞎眼跛足，履虎尾而自招凶險上身。

九四：履虎尾，愬愬，終吉。

【語譯】

履卦的第四爻：正如追隨在老虎的後面，只要能小心謹慎，仍是吉慶的。

【釋爻辭】

九四剛而不躁，以誠而明，以柔而用，防危慮險。如履虎尾，只要小心謹慎，不但不爲虎所傷，終可達純陽之地而得吉。

九五：夬履。貞厲。

【語譯】

履卦的第五爻：象徵決定履踐行止，要能貞正自守，才能渡過危難。

【釋爻辭】

九五本身的危厲在於本身太過武斷，若能履道於中正，金丹有象。且須貞一不二，以危厲自處，避免內部不合，才不致得而復失。

上九：視履考祥。其旋元吉。

【語譯】

最後一爻決定吉凶，端視如何踐履有始有終而定，迴望整個卦的始末，圓滿周旋而來，是可大吉大利的。

【釋爻辭】

上九剛居柔位，視其所履之火侯，考其藥物之老嫩，循序而進，旋始旋終，定可陰陽混合，圓成元虧，爲全始全終之履。

履卦義疏

履卦各階段的含義是：

初九：素履。—志念堅固之履。

九二：履道坦坦。—忘年之履。

六三：跛能履。—愚而自用之履。

九四：愬愬終吉。—剛而能柔之履。

九五：夬履。—自有人无之履。

上九：視履考祥。—全始全終之履。

履卦所象徵的乃是確實踐履，不但要談道，更要行道。辨明上下，使上悅下行。得志，澤加於民。不得志，修身現於世。如彖辭上云：「履。柔履剛也。說而應乎乾，是以履虎尾。不咥人。亨。剛正中。履帝位而不疚。光明也。」

履爲進陽防危之卦，而進陽的道理，在於剛中有柔，柔中有剛，剛柔並濟，不濟不緩，漸行耐久，和悅從容，自然得貴。

泰 ䷊ 坤上乾下 地天泰

【釋卦名】

泰字的甲骨文寫作太。就是楷書的汏字。說文解字收了古文泰字，寫作夳。「大是聲符」；「二」段玉裁以爲應作「仌」，取滑溜的意思。說文：「泰、滑也。从廾、水，大聲。」這是說用手捧水，水從指縫間溜下。水滑則流通，所以引申爲通。段玉裁說：「滑則寬裕自如，故引伸爲縱泰，如論語『泰而不驕』是也。」用此來描繪滑溜通順、寬舒的意思，是很中肯的。本卦陰陽各半，平衡調和而得中和，所以叫泰，現代人說身體舒暢叫「通泰」，居處安和叫「安泰」，都指氣血順暢，陰陽均調的意思。

卦辭　泰，小往大來，吉，亨。

【語譯】

泰卦是陰氣降，陽氣升的形態。天地交氣生育萬物，上下和合，心意相通，吉利又亨通。

【釋卦辭】

本卦的卦德是上坤順，下乾健，陽健於內，陰順於外，健順如一，陰陽相應，這是陰陽相交的卦。論通行之道，必須大小無傷，陰陽相當，使陰能順陽，而陽去統陰，陰陽相合才能成事。所以泰卦小往大來，吉而得亨。

「小」是指陰；「大」是指陽。小往則陰順，大來則陽健，陽健於內，陰順於外，先天漸復，後天漸化，便可以達到純陽無陰的境地，於理得吉，於行得亨。

但是致泰之道有火候、有工程，進退各有其時，不失時機。健而順行，以順養健，不泰者而能致泰，已泰者而能保泰，由了命而了性，從有爲而無爲，完成泰道，非常明顯。

大象傳

天地交，泰，后以財成天地之道，輔相天地之宜，以左右民。

【語譯】

天地之氣交通和合，是泰卦的現象，象徵君后拿這個道理裁成天地之道，輔助天地的安排，中和左右民情。

【釋大象傳】

本卦卦體是上坤地，下乾天，天氣自下而上升，地氣自上而下降，是天地陰陽之氣相交，萬物發生，這是泰的卦象。君后有見於此，知道天地陰陽相交而萬物生。人的陰陽相交而萬化安，拿這個道理裁成天地之道，輔助天地的安排。

人秉受天地陰陽五行之氣而生身，身中便具有這個陰陽五行之氣，這個氣在人身中，發而爲五德，五德是本體，有自然之道，不須要勉強，所謂率性之道。君后明五行相生的道理，使仁義禮智信，一氣流行，裁成天地生人自然之道，五德能發用，有當然的安排，不可偏執，這是所謂的修道之謂教。君后明白五行相剋的道理，使仁義禮智信，各歸其當，輔助百姓天地賦予人的當然之宜，裁成其道，輔助其宜。中和左右，使人人都以天地之道爲道，以天地之宜爲宜，保合太和，各正性命而已。

唉！誰說沒有天地之道，誰說沒有天地之宜，只是憂慮不能裁成，不能輔助而已，如果能裁成它，那麼先天可以保全，如果能輔助它，那麼後天可以化除，先天完全，後天化除，本體自然，發用當然，五行一氣，五德混成，性命凝結，才能與天地同功用，與天地同長久，多麼安祥泰和啊！

爻辭

初九：拔茅茹，以其彙，征吉。

【語譯】泰卦的第一爻：象徵拔茅草，連帶拔出連根的同類，君子如同拔茅一樣，自己上進，還引同志一道上進，是吉利的。

【釋爻辭】

「茅」是茅草，王弼說：「茅之爲物，拔其根而相牽引者也。」「茹」是根相連，相互牽連的意思。「彙」是類，「以」是與。初九陽爻，在最下位，已是陽剛開始升進的形象。初九想動而上應六四，九二、九三也想隨之上往去應六五與上六，用此象徵志同道合，團結相連，向外求發展，才能無往而不利。

九二：包荒，用馮河，不遐遺，朋亡，得尚于中行。

【語譯】

泰卦的第二爻：能做到包容荒穢、勇於渡涉大河、不遺棄遠方的人、不結朋黨，可說是慶幸得到進於中正之道了！

【釋爻辭】

「包荒」是包容廣大，與左傳宣公十五年「國君含垢」、老子「受國之垢」義相似。「馮河」即「暴虎馮河」，遇到虎，徒手搏擊，遇到河，泅水渡河般的果敢作爲。「不遐遺」是不棄遐遠。「朋亡」是不結朋黨。遠人在所懷，近者無可昵，居中不倚，不偏不黨。「得尚于中行」，得是慶幸之辭，「尚」是配合之意。「中行」是中庸之道。

九二剛爻居柔位，是內心剛毅果斷，外表柔和寬大的性格。因此，對外能包容污穢，有時也用泅水渡河的果敢手段；不遺忘疏遠的人；也不惜斷絕親昵的小人。這種寬容果斷、懷遠、不溺於私情，光明磊落的態度，符合中庸的原則，占斷是吉的。

九三：无平不陂，无往不復，艱貞无咎。勿恤其孚，于食有福。

【語譯】

泰卦的第三爻：沒有一直平坦而不斜陂的，沒有只去不回的，處在艱難而堅貞不移就沒有咎悔，不要擔憂，只要誠信不移，思我所應思，行我所當行，自然可得亨福。

【釋爻辭】

「陂」是偏頗不平。沒有一直是平坦而不起伏的，沒有只是上往而不復返的。有平就有陂，有往就有來，這是大自然客觀的規律，盛極必衰，否極泰來，周而復始，循環無端。怎麼辦呢？人不是無能爲力的，人完全可以發揮自己的主觀能動性，處在方泰之時，應居安思危，堅守正道，若能如此，便可无咎。豈止无咎，若能「勿恤其孚」還要有福。「恤」是憂；「孚」是誠。天道無情而我無憂，要誠信不移的思我所應思，行我所當行，自然生活幸福。

九三爻已經開中位，到了三陽的最上方，是陽剛的極盛時期，現在正是臨界點，所以告誡如此。

六四：翩翩，不富以其鄰，不戒以孚。

【語譯】

泰卦第四爻：象徵群飛而向下，虛心不自滿，與它的兩個鄰居翩翩相率而來，與人合作，求教賢者，可培養誠心。

【釋爻辭】

「翩翩」是群鳥輕盈飛翔向下的樣子。用來比喻六四已經超過泰卦的一半，上升到了極限，開始回落。「不富」在易經中是專指陰爻的用語，因為陰爻的中間斷開空虛，所以有虛心不自滿的意思，也是喪失了實力的意思。不過六四陰爻陽位得正，又與九二陰陽相應，所以能夠得到近鄰的「六五」「上六」的信任，翩翩相率而來，可謂內外一心，陰陽合德，衷心樂意的表現。

六五：帝乙歸妹，以祉元吉。

【語譯】

泰卦第五爻：象徵殷王帝乙，深受賢臣敬愛，嫁其妹於文王。如此謙虛行事，自然會有福慶，大吉。

【釋爻辭】

「帝乙歸妹」在歸妹卦六五的爻辭中也出現。殷代天子，以「乙」為名號的很多，這是以誕生日的干支命名。帝乙應指商紂之父殷高宗，「歸妹」即嫁妹。殷高宗嫁其少女於周文王，降其尊貴，順從其丈夫。「以祉」是以之受祉，能夠屈尊從夫而必然受福。「元吉」是大吉。若兩人志同道合，在整個治泰的過程中，將取得最大成功。

上六：城復於隍。勿用師，自邑告命，貞吝。

【語譯】

泰卦第六爻：象徵城牆倒塌，填入隍溝中。不宜用兵，應當從身邊近處採正當的防衛，雖然是正道，仍不免蒙羞。

【釋爻辭】

「隍」是城牆外乾涸的壕塹。城牆本來就是由此掘土累積而成的。有水的叫「池」，無水的叫「隍」。泰的形勢，由長期的辛苦積累而成。現在泰已發展到了極點，將要變為它的反面否，就像城牆將傾圮回復到隍溝裡。這是個嚴酷的事實，嚴重到「勿用師」。「用師」是指人民召來應付戰事，在泰的時侯，這樣做當然沒有問題。現在天下將亂，人心離散，想要用師，辦不到了，只能「自邑告命」，「邑」是所居之邑，指身邊近處而言。泰要變否時，國勢已成土崩瓦解之狀，這是天命規律的自然，在這種狀態下，只有採正當的應對，全力防衛，雖然堅守正道，仍不免蒙羞。

泰卦義疏

泰卦，闡釋持盈保泰的原則。六爻說明六種不同的時間、空間的應對態度：

初九：拔茅茹以其匯，征吉。——是剛而乘時以致泰的情形。

九二：包荒，用馮河，不遐遺，朋亡，得尚于中行。——是剛柔相濟而致泰的情形。

九三：无平不陂，无往不復，艱貞无咎。——是剛極守正以保泰的情形。

六四：翩翩，不富以其鄰。——是以柔傷剛而失泰的情形。

六五：帝乙歸妹以祉，元吉。——是以柔養剛而全泰的情形。

上六：城復于隍。勿用師，自邑告命。——是柔而不知早於保泰的情形。

通觀六爻都有保泰、致泰的時候，有為無為各有方法，隨時而行，依法而作，健所當健，順所當順，「健」而能致泰，「順」而能保泰，不泰時能達泰，已泰時能長泰，何患不吉不亨，大道不成？

本卦的六爻也以上下二體兩兩相對，互文見義。初九「拔茅征吉」對六四「翩翩，不富其鄰」，說明三剛三柔上下互相交往。九三「无往不復」對上六「城復于隍」，一復一反預示泰極當變。乾坤十變而後得泰否卦，泰否即乾坤的大用，所以泰否兩卦都以上下二體的交或不交來論通塞。

心得記要

否 ䷋

乾上
坤下　天地否

【釋卦名】

金文毛公鼎有否字，與小篆同形，作不好義。說文說：否、不也。从口不，不亦聲。從口不，「不」是事情的「不然」，然否的否，借用作臧否的否。不然的否讀作「ㄈㄡˇ」，不善的否讀作「ㄆㄧˇ」都從不字得聲，古代沒有輕唇音，所以否字讀重音，凡是人不滿對方的話而唾棄，說「呸」！在古經否字多作不善的意思。如書堯典：岳曰：否德忝帝位。詩大雅：未知臧否。論語：夫子矢之曰：予所否者，天厭之。莊子漁父：不擇善否。都作不善解。至於作然否的否，是指不同意他人的話。孟子萬章：否，不然也。大學：其本亂而末治者，否矣！左傳昭二十年：君所謂

可而有然否。都作非字解。

本卦名否，是大不善義，君子道消，小人道長，內陰外陽，所以閉塞不通，時運不佳。但非常之人，立非常之功，可扭轉乾坤，顛倒陰陽，一轉而成泰卦之象。

卦辭

否之匪人，不利君子貞，大往小來。

【語譯】

否是小人處否世的狀態，即使君子欲守常道，也會受到阻礙，無法順利進行，陽往而陰來，是陰陽不合的情形。

【釋卦辭】

本卦的卦德內坤順，外乾健，順自己的慾望，剛強外用，陰氣主事，陽氣退避，健順各別，所以叫否。這是陰陽不合的卦。

這時候陰陽不交，眞陰變成假陰，眞陽變成假陽，先天失去而邪氣進入，邪氣進入而正氣退避，所以說「否之匪人，不利君子貞」。匪人是邪氣，君子是正氣，當先天未傷，眞陽在內，一團正氣，即是君子。到了先天失去，眞陽散外，一身所有，都是邪氣，順從後天陰氣，恣情縱慾，無所不至，即是匪人。匪人不利於君子是邪氣不利於正氣，當此之際，正宜黜聰毀智，斂聚神氣，而保眞陽。祇因此時爲不利的時刻，正在大往小來，陰氣主事之時，倘若不知防危慮險，愈致否境，就更加不利了。

大象傳

天地不交，否，君子以儉德辟難，不可榮以祿。

【語譯】

天地之氣不相交通，是否塞的時候。君子在閉塞的狀況下，應當收斂自己的才華，養晦自修，避免小人陷害的災難，不要追求虛榮富貴，避免小人的妒嫉。

【釋大象傳】

本卦的卦象上乾天，下坤地，地氣從下而上升，天氣從上而下降，是天地陰陽之氣不交，萬物閉塞的否象。君子有見於此，知道天地陰陽不交，則萬物晦藏，人身陰陽不交，則天眞受傷，以此隨時收斂，儉約德行，躬避險難，不務外追逐虛榮。「儉德」是黜聰毀智，韜光養晦，借後天保先天，不使一些雜氣外務，交雜於天眞之內。

人一交後天，假者來而眞者去，心被物誘，性亂命搖，否莫否於此，難莫難於此，若不知早些防範，有了名利之心，聲色之情，愈陷愈深，不能自拔，有傷生害命的險難。若能不動於心，正可以見榮祿，不理小貨小利。「儉德」二字，包括許多，工夫細微，才智晦藏，如壁列萬仞，物我兩忘，有德而不知其德，若儉德便不算險，否境自去，起初雖陰陽不交，終必陰陽相合。

爻辭　初六：拔茅茹，以其彙，貞吉，亨。

【語譯】　否卦的初爻：象徵拔茅草的根，相互牽連同類而起，與同伴精誠團結，防患未然，貞吉亨通。

【釋爻辭】

否與泰兩卦初爻都以拔茅爲象，所不同的就在「貞吉」與「征吉」兩個字上。處在泰通的開始，初九引導同類三剛上行來應三柔，是當行而行，所以叫「征吉」；否卦的初六則是處在否塞的開始，引導同類的三柔貞固自守於本位不動，是當守而守，固守而後能致通，所以叫「貞吉」，這是據卦時來決定卦位。

六二：包承，小人吉，大人否，亨。

【語譯】

否卦的第二爻：象徵大地承受天心而包容險阻。小人得勢，君子否塞，君子當坦然接受時運，才能亨通。

【釋爻辭】

泰的九二稱「包荒」，指九二包六五爲天包地。否的六二言「包承」，是指六二承受九五來包容。坤陰承受乾陽的包容，這是常理，但在否塞不通時，包承對小人來說是吉的，對作爲九五陽剛的大人言，不能包容陰柔的六二，要與小人劃清界限，不受小人的迷惑，也不受小人之浼，甘處否的困境，緩求未來的亨通。

六三：包羞。

【語譯】

否卦的第三爻：象徵君子包容羞辱到極點，而小人已經顯露了險惡眞正面目了。

【釋爻辭】

一個人的面目大家看得很清楚，它想迷惑人、籠絡人，不易得逞了。但他忍恥固位，無心離去，尸位素餐，無所作爲，這就叫包羞。

否卦六三在內卦的最上，爲衆陰之極，不剛不柔，非健非順，居不當位置，處在不良的時候，沒有君子在其間糾正他，獨任小人據其職，是人地不相宜，上下不協和，在卦爲兩截，在事爲兩離，位不當而擁有一切，使他遭受羞辱。

九四：有命，无咎，疇離祉。

【語譯】

否卦的第四爻：象徵天命規律的發展變化已有致通的可能，沒有災咎，同伴因而獲得福慶。

【釋爻辭】

「命」是天之所令。「疇」是類、同儔。「離」同罹。「祉」是福。九四剛柔並濟，以柔輔剛，不奉天命不敢有所作爲。振衰起弊的行動出於天命，亦即客觀的規律在起作用，大往小來變成「小往大來」，他受福，與他同疇也將同受福慶。

因泰否兩卦以上下二體交或不交取義，所以陰陽都引其同類以爲進退。否到九四，已脫離了下體進入了上體，否閉過半已產生了致通的條件。

九五：休否，大人吉。其亡！其亡！繫于苞桑。

【語譯】

否卦的第五爻：象徵否運將要休止。占斷：「大人吉」。念念不忘「其亡！

其亡！」，這樣才能像繫結在叢生的樹根上，牢靠而安全。

【釋爻辭】

九五以剛居中，又處於至尊之位，所以有大人之德，否亂開始向泰轉化，它有條件有力量撥亂反正，扭轉乾坤，自然是「大人吉」。若否亂稍休，便忽於根治，則易死灰復燃。當元氣漸復，泰道將還的時候，人皆晏然安樂，唯大人有戒俱危亡之心，念念不忘滅亡的危機，必能像「繫於苞桑」那樣堅固不拔。桑這種樹根深抵固。苞，是叢生植物。「苞桑」是叢生的桑樹，特別牢固。

上九：傾否，先否後喜。

【語譯】

否卦的第六爻：閉塞狀態即將打破，所以占斷：「初時甚苦，其後喜悅。」

【釋爻辭】

上九已經是「否」的終極了，物極必反，這是自然法則的必然趨勢，指明否塞之終將轉爲泰通，而轉化之快將在頃刻之間，乾由上反下，坤由下升上，二體一調換位置又相交相和，在將發生質變時，人的作用是不可忽視的，「上九」陽爻剛毅，也足以使閉塞的氣運傾覆；所以占斷：先閉塞而後喜悅，有先天下之憂而憂，後天下之樂而樂的意思。

否卦義疏

否卦闡釋了從安泰到混亂，由通暢到閉塞，小人勢長，君子道消的黑暗時期。在陰陽隔絕、不相往來，閉塞隔絕的形勢下，各個階段的因應原則及情況如下：

初六：拔茅茹其匯，貞吉，亨。——是防陰於未否之先的情形。

六二：包承，小人吉，大人否，亨。——是防陰於方否之時情形。

六三：包羞。——是順陰而不知有否的情形。

九四：有命，无咎，疇離祉。——是陽生而即能不否的情形。

九五：休否，大人吉。其亡！其亡！繫于苞桑。——是防陰於正泰之時的情形。

上九：傾否，先否後喜。——是進陽於否終之時的情形。

通觀否卦的六爻，下坤卦體三爻都沒有致通的條件，所以初六連帶三柔而固守本位得「吉」；六二雖然承受陽剛來包容自己而九五拒絕與他同流合污；六三獻媚遭到上九拒絕遭到羞辱所以是「包羞」，這體現了上下陰陽的對立面。否卦一進入上體就有了新的轉機，九四「有命」而使得同伴因而獲得福祉；九五強調否運將要休止而「大人吉」；上九否終則傾，閉塞又轉爲通達是進陽下手的時機了。

然而不能使泰而不否的，是後天循環之道；而能在否中致泰的，是先天逆運之功。仍須要認得藥物，知其火候，不先不後，隨時進退。

同人 ䷌ 乾上 離下 天火同人

【釋卦名】

同，從冂口，冂是覆蓋圍繞的意思，口受到限制而歸於統一，故相合爲同。此外，鄭玄說：「同，聚也。」又說：「既同言已聚也。」說文說：「同，合會也。」故同亦有聚合之義。同人是會同，和同於人；要突破唐突閉塞的世界，需要人與人之間的和諧溝通。彖傳說：「唯君子能通天下之志。」象傳說：「君子以類族辨物。」及九五「大師克，相遇」，是引伸爲君子聚民行政之事，把古代論交友之道，擴大到社會政治層面上。

卦辭

同人于野，亨。利涉大川，利君子貞。

【語譯】

集合群眾在曠野之中，所以占斷是亨，象徵人人調和，意志溝通，能夠冒險犯難，符合君子的原則，無往不利。

【釋卦辭】

同人卦取「人我如一」之義，卦德上乾健，下離明，明而行健，健以通明，誠中達外，成己成物，這是混俗和光，善與人同的卦。修道者要到達陰陽相當，健順如一，結成聖胎，混俗和光，須要大公無私，主要在於能「無我」，無我則無人，無我無人則人心可去除，人我之心去除，那麼人即是我，我即是人，就像上天無物不覆幬，日頭無處不照拂，可以物我歸空，就像「同人于野」，同而未有不亨的。野是曠野無人之處，同人如在野，那麼便無我相、無人相、無眾生相，能實心同人了。若祇能在順境中同人，不能在逆境中同人，則不是以實心同人，終不得亨。

卦辭說利涉大川的原因是，在大險大難中能與人同去、與人同處，那麼便無往而不利了。世間凡夫俗子未嘗沒有同人的，但多出自於「私」而不得其「正」，可以同的對象也同，不可同的對象也同；不像君子同之以貞正，而不同之以心，「正」祇是「同理」而已，心有變遷而理無變遷，用「理」去同人，便無心，人我之見俱化，惟守住這個理，內可以成己，外可以成物，明以照物，健而直行，健明兩用，剛柔相濟，內不失己，外不傷人，立於萬物之中，不被萬物所屈，處在陰陽之內，而不被陰陽所拘。

大象傳

天與火，同人。君子以類族辨物。

【語譯】

天與火同處，公而且明，是同人卦的現象；引申君子知道類族各有各的原理，但其根源均是相同的。

【釋大象傳】

同人卦的大象辭是以火在天中之象引出含其大明朗照萬類之兼容並蓄大同觀。上乾天而下離日，日即火也，天在上，火炎燒也向上，他們性質相同，這叫同人。船山易內傳說：火在天中，以至虛含大明，明不外發，而昭徹於中，人之貴、賤、親、疏、賢、愚，物之美、惡、順、逆、取、捨，無不分以其類，而辨其情理，則於天下無不可受，而無容異矣。大明涵於內，而兼容並包，以使各得其所，憲天分治，而賞善懲惡，以統群有。火在天中，受明以虛，明內映，類族辨物，井然不昧於中，而明不外發，無遏揚之事，百族與處，賢不肖各安其所，萬物並興，美、惡各從其實，以辨爲容，所以受天下。

而天無物不覆，日無物不照，天與日共同之處是既公且明，此乃同人之實象也。君子觀察此象，知道修道者應世接物貴在能同人於正善、同人於道理，更貴在不苟同人於邪惡、不苟同人於人心，所謂和而不流，群而不黨。且能效法此卦，以族類大同的精神，進而辨明萬物同根源於道，同根於最原本的理。

初九：同人于門，无咎。

【語譯】

同人卦的初爻：象徵打破門户的成見，出到門外與人和同。

【釋爻辭】

初九在下方剛毅，與九四相斥不應，但也表示沒有私情，與人交往公正廣闊；不分厚薄親疏，所遇皆同。這樣的同，廣博而無所偏私，親者不親，疏者不遠，公而待之。同人之始能夠如此，將來是吉是凶，是悔是吝，當然還要看發展，但目前無咎是可以肯定的。

六二：同人于宗，吝。

【語譯】

同人卦的第二爻：只選擇在宗族中和同交往，吝。

【釋爻辭】

「宗」是宗黨。同人的範圍廣好、狹不好。同人於同宗同黨，不宜。照易例六二應九五，一般是吉辭，這裡斷爲「吝」，這是因爲卦時來決定卦位，同人的卦時是「同人于野」，柔得位得中而應乎乾，決定了六二雖與九五是正應，但專應於九五而排斥初九、九三、九四、上九，是貪吝於一陽之私而棄眾陽於外，這對陰陽相合所構成的道是鄙吝的。

九三：伏戎于莽，升其高陵，三歲不興。

【語譯】

同人卦的第三爻：象徵不知自己身份，野心勃勃，置伏兵於草莽間，登丘山觀察敵情，對方剛健中正，無論等多久都無法前進。

【釋爻辭】

「戎」是軍隊。「莽」是草莽。本卦，只有一個陰爻，其他的陽爻，都要求他和同；但九三陽爻陽位，不在中位，性情暴躁，過於剛強。與上九相斥不應，想和六二交往，可是六二與九五相應親密，九五強大，於是在草莽中設伏兵，並登高伺機攻擊，畏道畏尾只有不了了之。

九四：乘其墉，弗克攻，吉。

【語譯】

同人卦的第四爻：象徵想登墻攻擊，但進退兩難。捨野心歸正道才可得吉。

【釋爻辭】

「墉」是土墻，分隔家與家。九四陽剛，不中不正，與初九不應，也想和六二親近，中間卻有九三隔開，於是想攀墻攻擊，不過九四陽爻陰位，雖然暴躁，還有自知之明，省悟自己的行爲不當，內心掙扎，終又回到正道，因此吉祥。

九五：同人，先號咷而後笑，大師克，相遇。

【語譯】

與同志一同前進，但妨礙者很多，要排除本身妥協之念，起初將因孤獨而哭泣，但最後可得喜樂。可動用大軍打勝妨礙者，與同志相連合。

【釋爻辭】

「號咷」是憤抑而呼叫大哭。先號咷而後笑是先悲而後喜。九五剛健中正，在尊位，又與柔和中正的六二相應，但九三和九四同剛作梗，或者埋伏，或者越墻，因此不能與六二相遇。然而和同是以正道爲基礎，不容易遭破壞，終能相同相合而破涕爲笑。「克」是勝，說「相克」是有二陽之強如敵國，非用大師不能勝過。繫辭傳上說：君子立身處世的原則，或從政、或隱居、或緘默、或議論，二人一條心，就有斷金之利；志同道合的言論，就像蘭花一般芬芳。

上九：同人于郊，无悔。

【語譯】

同人卦的第六爻：象徵在無人之郊外求和同，孤立無助，但無悔。

【釋爻辭】

國外是「郊」，郊外是「野」，亦見需卦初九爻：「需于郊」條。上九在卦最上，仍未出卦，所以說「同人于郊」。「郊」比卦辭的「野」接近城市，野是指眞正的廣大無私。上九遠離人群，是不願同流合污，早能覺悟這樣孤獨，所以不會懊悔。

同人卦義疏

同人卦闡明與人和同之義。彖傳說「同人于野」則能斷絕私與而廓然大公，此其所以亨也。本卦以大同而不自私爲善，所以卦裡所有爻義，或比或應，都是同於所近沒有大吉的斷辭：

初九：同人于門，无咎。——這是剛而謹始的和同。

六二：同人于宗，吝。——這是柔而不遠的和同。

九三：伏戎于莽，升其高陵，三歲不興。——這是剛而勉強的和同。

九四：乘其墉，弗克攻，吉。——這是剛而能柔的和同。

九五：同人，先號咷而後笑，大師克，相遇。——這是大公無私，利涉大川的和同。

上九：同人于郊，无悔。——這是和而不流的和同。

通觀六爻，初上終始兩爻，雖遠離親暱，仍未至同人于野的境界，中間四爻，六二卦，主專同于九五，暱於私情而得「吝」。九三設伏兵以求同是出于私慾不爲公。九四乘墉想攻取六二，度德量力之後而歸於正，雖未得同人之實，而得同人之理，特贊之以：「吉」。九五與師後與六二相遇，是大公無私而後久誠動物，別人尊服。六爻都不能監同人于野卦義，因而安和樂利大同世界確是易知難行。

起碼我們要了解，同人之道，須要通權達變，量時度務，同之得正爲貴，以正而同，既健且明，無往而不可同，無往而有苟同，這樣便明白「同人于野」的主旨了。

大有 ䷍ 離上 乾下 火天大有

【釋卦名】

大，是盛大的意思，凡宏偉、豐富、充足都稱爲「大」，與「小」對應，大畜，大過，大壯卦的大皆如是解。古代說豐年叫有，謂大豐年爲大有，詩經甫田：「自古有年」；有駜：「歲其有」。毛傳說：「歲其有豐年也。」又春秋桓公三年經：「有年。」宣公十六年經：「大有年」，穀梁傳：「五穀皆熟爲有年也。五穀大熟爲大有年。」以上皆是其例。又大有者，具「所擁有者極廣大」的意思，綜合前述故大有有盛大豐有的意義。

卦辭 大有，元亨。

【語譯】

大有卦，具有根元的、亨通的德行。

【釋卦辭】

「元」，是善之長；「亨」，是嘉之會，無往不利。程傳序卦說：「一柔居尊，眾陽並應。居尊執柔，物之所歸，由剛健文明，應天時行，故能元亨。」朱熹本義也由卦體、卦象上加以解釋說：「大有，所有之大也，離居乾上，火在天上無所不照。」又：六五一陰居尊得中，而五陽應之，故為大有。唯一的「六五」爻，在尊位得中，其他五個陽爻都屬於他，也象君王高高在上，擁有天下，具有王者風範，心懷萬民；下卦乾天相應，象徵應天命，得人心，足以領導眾人，完成偉大事業，所以斷占是「元」「亨」。

大象傳

火在天上，大有。君子以遏惡揚善，順天休命。

【語譯】

離火在天上，象徵普照萬物，大有收穫，君子必須遏止邪惡，顯揚良善，以順應至善至美的天命。

【釋大象傳】

大有卦具有盛大豐有之象。上離火，下乾天，此乃火在天上，萬物畢照，天得日而生者眾多；日在天則所照之處廣泛，無物不在光天化日之下。君子有見於此，乃知天命之性，渾然一理，萬善畢集，皆是本於大有；而因交於後天，知識一旦啓開，先天受到賊害，由是善惡相雜，原來本性之大有者漸漸成爲小有，而最後終成爲無有。有鑑於此，當惡念一產生，便須要加以遏制而使其止息；反之若有善念產生，便應立即贊揚而使其潤澤滋長。順乎天理乃能使性命獲致美善，性命之所以不夠美善，乃是因爲不能順乎天理，不能順乎天理，則是由於不能遏惡揚善，若能遏惡揚善，久而久之便能做到至善無惡的境界，正氣由是常存，而能自無有而小有，進而恢復原來大有之面目。人活在世上，「命」可說是最重要的，有命則生，沒命則死，若不能使「命」獲致美善，則外在雖然富有，而這仍是流於虛假不實。由此可知，依循著天理處事，本著遏惡揚善之理修己，使性命得以回復大有之本來面目實是最重要的。

爻辭

初九：无交害，匪咎，艱則无咎。

【語譯】

大有卦的第一爻：沒有交感的對象，雖然有害，但不能形成災害。換言之，在艱難中戒懼，便沒有災咎。

【釋爻辭】

初九，陽居最下位，又有九四陽爻不相應，象有才華，還未能出人頭地，又缺乏有力支援，尚在起步，所以還未涉及到有害。在大有害之初，因其所有者不大，是以尚未涉及到有害的人事物，此正值潛脩密煉之時。這一爻告誡得意容易有妄念內生，在艱難中戒愼，方可始終皆能無害。

九二：大車以載，有攸往，无咎。

【語譯】

大有卦的第二爻：象徵得到信任，委以大任，用大車來裝載，不論前往何處，也不會敗壞，沒有災咎。

【釋爻辭】

在此爻中，剛健得中，有才能，又不過分，與上卦「六五」相應，已富有於內，就有如用大車載物，足以勝任重擔，可以不爲外物所傷，然而當此之時，尚須將內在之德行，表現運用於外，方可以悠然直前，不動不搖，而於內外均不致產生傷害。

九三：公用亨于天子，小人弗克。

【語譯】

大有卦的第三爻：象徵公侯朝見君王，賜與飲食，得到禮遇，但對小人而言，這是無法得到的恩寵。

【釋爻辭】

「亨」：在春秋傳作享，朝獻之意，古代亨通的亨，享獻之享，烹飪的烹都同作亨字。九二爻是指大臣，受大有之任，故爲載。九三爻是外臣，奉大有之物以朝貢，故爲亨。九三，陽剛居正位，是外臣，守正能將其大有之物奉獻給天子而不私其有，而上卦六五，相當君位，柔和謙虛，禮賢下士，所有更大。九三之位若爲小人居，不僅不能守正，還要爲害。

九四：匪其彭，无咎。

【語譯】

大有卦的第四爻：象徵凡事不可太過盛大，能減損自制，才能避免災禍。

【釋爻辭】

「彭」，與旁音同，是盛大之義（俞樾引廣雅釋訓）。九四的陽剛，過中近五，五爲君位，不免有僭逼之嫌。當此之時剛明兼備，但應有健不恃，有明不用，如此方能外示不足而常有餘，雖大有而不大其有，唯不大其所有，才能保其大有，且無得而復失的過失。

六五：厥孚交如，威如，吉。

【語譯】

大有卦的第五爻：以其誠信，上下相交，坦蕩平易，使人敬畏信服，因而得吉。

【釋爻辭】

「厥」是其；「孚」是信；「交如」是相交，「威如」是有威嚴的樣子使人不敢侵犯（程傳）。六五本柔順虛心，因其謙柔故能以誠待人，而使眾人悅服，故能與剛者相合，而生威嚴使人畏服，因而由柔虛而剛強，亦即自無而有，有而爲大。此乃善用其既有者，且能善用人之有者。

上九：自天祐之，吉，无不利。

【語譯】

大有卦的第六爻：象徵有獲得自上天的護祐，當然大吉，沒有什麼不利的。

【釋爻辭】

上九在大有之最終，當此之時，剛柔相當，健明如一。而居此時，雖大有之陽剛已居極峰，而卻不忘以謙退自居，發揮陰柔之極致，如此剛柔並濟，陰陽相合，天豈有不祐之理。繫辭傳說：「祐者，助也，天之所助者，順也；人之所助者，信也。履信，思乎順，又以尚賢也，是以『自天祐之，吉无不利。』」大有的主爻在六五，六五「厥孚交如」即是惟誠相交而使人信服，在下的四剛應一柔，是得人助。在上的上九應六五是得天助，得天助是因爲能尊尚賢人而順乎天道。

大有卦義疏

大有卦中的各爻以六個不同的時態來表示變化的情形：

初九：艱則无咎。——此初有須靜養於內。

九二：大車以載。——此已有當驗之於外。

九三：公用亨于天子。——此大有須貴剛之得正。

九四：匪其彭。——此大有須貴剛而能柔。

六五：孚交如，威如。——此未有須當求人之有。

上九：自天祐之，吉无不利。——此大有須當全天之有。

乾卦在下、離卦在上曰大有，乾是剛健不息的德行，離是光明通達的智慧，本著剛健不息的德行而得光明通達的智慧，故能自無有漸至小有，而終能達到大有之本來面目。而此剛健不息之德行，乃循初九至上九之象，並本遏惡揚善，順天休命之精神；由最初之感應而從善如流（初九），內在充實而漸現於外（九二），且秉持著剛正的心為善（九三），又能時時不忘以謙柔自居（九四），凡事以誠為念，以誠待人，因而能謙柔而不失剛直，由小有而至大有（六五），當漸至大有之境地時，仍能持謙柔之心，不居其有，凡所行皆順乎天理，如是自能得天所祐，天助人助，使一切不利自然消失，而得以獲致先天光明通達之本性智慧。天之所命於人者稱作「健德」，人之所以順乎天者叫作「明德」，以明德保健德，天命常在而天祐之，這說明了眞正的大有須當保全天之有，不但能夠內治其明，又能應用於外，即健且明，未有者而能有，已有者能大其有，此爲富有日新之道。

謙 ䷎ 坤上艮下 地山謙

【釋卦名】

謙字，先秦文獻中的謙，都作恭敬、卑退義。說文：「謙，敬也。从言、兼聲。」言語上的恭敬，自然含有卑退義（陸德明經典釋文），減損義禮記樂記：「禮主其減」；史記樂書：「減」引作「謙」；宋裴駰集解引王肅說：「謙，自減損也」。與不自重大義（雜卦傳「謙，輕也。」晉韓康伯注）因此，謙字言卦名，是取有而不居的意思。

卦辭

謙，亨。君子有終。

【語譯】謙卦具有亨通的德性，它象徵君子謙讓以自處的德性必有善終。

【釋卦辭】謙道之所以亨，是君子嚴以治己，虛以應物，心愈低而道愈高。下艮止，是剛止於內；上坤順，是柔順於外。艮爲虛己死我之處；坤則爲生我養陽之處。未死先學死，人不死我先死，陽之止義。不生即能長生，陰之順義。所謂陽止就是止假陽而能養眞陽，所謂陰順就是運眞陰而退假陰。能「養」，故假陽止而眞陽存，能「順」所以假陰退而眞陰現。修道君子當止知其所止，虛其所有，主其所無，一念純眞，有始有終，遵道而行，愈久愈力，有始有終，故斷占爲亨。

大象傳 地中有山，謙。君子以裒多益寡，稱物平施。

【語譯】

象辭說：地中有山，這是謙卦的現象。君子應當效法這一精神，使多餘的減少，而增益缺少的，衡量事物的多寡，作平均的施予。

【釋大象傳】

坤爲地，艮爲山，是山在地中。山本來是高於地平面的，損其高以就低下，是卑下中含有高貴、謙虛的情操。君子有見於此，知人高傲之心多，卑下之心少，所以居心行事，每每不平。所以裒去其高傲之多，增益其卑下之寡，應事接物間，稱其物的高低貴賤，大小輕重，因事制宜，而平等施惠。人尚高傲，人尚爭強，可見傲強沒什麼了不起，貴在自謙自抑，貴在自勝自損，謙謙君子，有才不恃，有德不居，無我相，無人相，傲氣悉化，其中常平，心平自然應物也平，內平外平，其德日高，其心日下，外不足而內有餘，謙一卦的益處，豈算是少的呢？

爻辭

初六：謙謙君子。用涉大川，吉。

【語譯】謙卦的初爻：謙虛而更加謙虛，君子用此態度，就是徒步涉大川那樣冒險犯難，也會吉祥的。

【釋爻辭】初六爻，柔而自下，本性固順，又居卑下，不敢先人，是謙而又謙的君子，如此之人，順亦能謙，逆亦能謙，此一爻辭的重心，在一個「用」字，強調謙虛並非消極的退讓，而是積極有所作爲。

六二：鳴謙。貞吉。

【語譯】謙卦第二爻：象徵有因謙而得到同聲相應而共鳴的現象，所以純正吉祥。

【釋爻辭】

本爻，陰爻陰位，在下卦之中因而柔順中正，象徵謙虛的美德，隱藏在心中，沒有表現在外，能示己之無，尊人之有，虛心實腹，引起共鳴，謙而得吉。六二動而成☴巽，巽為風，風在地上，又有雷風相薄而交織成為鳴聲的現象。因此以謙卦內卦的中爻變動。比擬作為鳴謙。與本卦上六的「鳴謙」、以及以下豫卦初六的鳴豫，都是從震雷的雷鳴之聲而立言。本爻的和鳴，尚在艮卦中爻的時位，上與六五的坤卦中爻相應，位雖得其中正，但還未達成外用，所以小象說：「鳴謙貞吉，中心得也。」

九三：勞謙君子，有終吉。

【語譯】

謙卦第三爻：有功勞而還能對人謙卑的君子，最後必然吉祥。

【釋爻辭】

九三，是這一卦唯一的陽爻，處於下卦的最上位，相當於負有重大責任的人物。陽爻陽位得正，因而上下五陰爻，都賴他為重心，繫辭傳解釋這一爻辭說：

辛勞而不誇耀，有功而不自滿，敦厚達到極致。這種人有實質而謙虛，可傲而不傲，這才是眞正的謙虛。

六四：无不利。撝讓。

【語譯】

謙卦的第四爻：象徵無所不利，因爲它能發揮謙讓的美德。

【釋爻辭】

六四陰爻柔順，陰爻陰位得正，又在上卦的最下位，斷占无不利。本爻的旁通相錯☰天☱澤履的九四，反復相綜☳雷☷地豫的九四，便可知道本爻的自身性本爲謙，但有發揮舉揚陽德的功用在於其中，所以便擬議它爲「撝謙」。象辭説它不違則即須與乾卦九四爻的「或躍在淵」綜合研究，體會子曰：「上下无常，非爲邪也，進退无恒，非離群也。」的道理，小象説：這是不違背原則而能發揮謙道的美德。

六五：不富以其鄰。利用侵伐。无不利。

【語譯】

謙卦的第五爻：象徵本身並不富有，但得鄰居們的愛戴，可以利於用兵侵伐，也並沒有什麼不利的。

【釋爻辭】

六五陰爻，柔順，謙虛，在五的至尊地位，象徵以德服人。朱震說：「陽實，富也；陰虛，貧也。」可見「不富以其鄰」是因其鄰爻都是陰，謙卦的上體是坤，三個柔爻有過謙之嫌，六五以柔居尊位，柔弱謙退有餘而威嚴不足，遇有不謙者，必用侵伐以統一，利用侵伐去征不服，是謙退的反面，以反面提出這個問題，又正是針對其鄰不富，而去補謙退之過，這有「裒多益寡，稱物平施」之義，所以說：「无不利」。

上六：鳴謙。利用行師。征邑國。

【語譯】

謙卦的第六爻：象徵鳴謙於上。用兵行師，征討自己領土內的叛賊，才能得利。

【釋爻辭】

本爻「鳴謙」的「鳴」字意義，是從本卦的反復綜卦雷地豫的外卦震爲雷的象徵而來，已如六二爻所釋。邑國是私有的領地，上六是謙外的極點，謙虛的名聲已經遠播，贏得四方的共鳴與愛戴，不過上六陰爻柔弱，又因上位无位，地位不明確，沒有力量征伐他國，只能在自己的領土內，討伐叛亂。

謙卦義疏

在易經六十四卦中，沒有全部是吉或凶的卦，惟有謙卦，六爻都是吉利；可見謙德自古以來便視爲美德。胡一桂說：「謙一卦，下三爻皆吉而無凶，上三爻皆利而无害。『易』中吉利罕者，若是純全者，謙之效固如此。」王弼也說：「六爻雖有失位无應乘剛，而皆无凶咎悔吝者，以謙爲主也。謙，尊而光，卑而不可逾，信矣哉。」

初六：柔而謙下之謙
六二：柔而順剛之謙
九三：剛而有終之謙

此三爻，是處謙得謙，均得吉。因爲謙道貴下不貴上，一進入上體則過越了謙退。

六四：柔而無不利之謙
六五：尊而能以虛心之謙
上六：尊而不能自卑之謙

此三爻是處謙而不得謙，又根據其才質柔弱而濟之以剛或可得「利」與「無不利」。

朱子的弟子，曾懷疑謙卦的「六五」、「上六」爲什麼會有肯定戰爭的說法呢？朱子回答：謙讓，也是兵法的極致，這是以退爲進，導致勝利。老子中「大國對小國謙卑，就能取得小國的服從；小國對大國謙卑，就能取得大國的包容。」孫子中「始如處女，敵人開戶，後如脫兔，故不及拒。」都是說明謙讓在政略、戰略上的運用。

謙虛必須有實質，否則就成爲虛僞，謙虛必須也與實力相結合，才能有作爲。

心得記要

豫　䷏　震上坤下　雷地豫

【釋卦名】

豫的古文作「[illegible]」，从象，予聲，小篆近似。許慎說它的本義是「象之大者」，並引用他的老師賈逵說：「不害於物」，意謂象雖大而不害於物（段玉裁注），因此古書上像周禮地官司市、淮南子、史記循吏列傳等都引申作「大」義，大必寬裕，所以事先有所準備，裕如不迫也叫「豫」。此外爾雅釋詁說：「豫，樂也。」

卦辭

豫。利建侯行師。

【語譯】

懂待豫樂的道理，有利於建立公侯的基業。有利於用兵。

【釋卦辭】

豫卦中，唯有「九四」是陽爻，其它陰爻都服從它，因而孚眾望，中心喜悅。又下卦「坤」是順，上卦震是動，是愉悅得追隨行動的形象，故命名爲「豫」。侯爲一國之王，將爲眾軍之帥，建侯順天時，則一國得以治，行師順人心，則眾軍得以全；同理，「心」爲一身之主，如侯如將，順動利於建侯行師，便是利於正心修身，順時而動則利，不順時而動則不利，利則得樂，不利則不樂，所以總括致樂之道，莫過於順而動而已。

大象傳

雷出地奮。豫。先王以作樂崇德。殷薦之上帝。以配祖考。

【語譯】

迅雷鳴發，震奮大地，這是陰陽和發的現象，稱作「豫」，古代聖明的君王，效法這精神，製作音樂，用來崇敬盛德，以豐盛的祭禮進獻給上帝，同時配享歷代的祖考。

【釋大象傳】

雷出於地，奮發揚升，陽氣通和，萬物莫不滋養爽暢，先王見於此，知道「德」是天之所命，是人生的根本，不可不樂於修爲，以此作樂，以崇尚其德。樂以和德，德所以成樂，若不崇德而作樂，叫作苦中作樂。只有借樂並和德，德性發揚，使得德樂相協暢，才叫眞樂。先人以爲上帝之所喜者是德，祖考之所悅者，也是德，以德配之，才不違上帝，不忘祖考，不違上帝叫答天，不忘祖考叫報本。人之所以有生命，受之於上帝，而形體本之於祖先，形體是承載生命的，命是托住形體的，沒有形體那有生命，沒有生命那有形體，因此形和命，兩不相離，答天報本，神鬼皆樂，而人那有不樂之理。

爻辭

初六：鳴豫，凶。

【語譯】豫卦的第一爻：象徵自鳴得意，孤樂的現象，是不吉的。

【釋爻辭】「初六」，陰爻居陽位，不中不正，又在三陰之下，性質本愚，且與小人爲伍，自暴自棄，以苦作樂。與九四相應，在上位有強大的援助，隨心所欲，得意洋洋，自己一個人快樂，不能眾樂樂，終必遭凶，所以愉樂仍是有條件的。

六二：介于石，不終日，貞吉。

【語譯】豫卦的第二爻：有耿介確立如堅石一般的象徵，所以不終日之間，隨時都要貞正自守便吉。

【釋爻辭】

「于」，是像的意思（王引之），六二以柔居陰得正，得中，又無應無比，不爲外物所汲引。處在豫卦之時，上下各爻多沈溺于安樂，而六二堅貞自守，確然不動於心，思慮精神可以明察秋毫，在事物變化還未顯現之前，就意識到安樂依附著憂患，所以能「見幾而作」，處豫而不豫，他遠離安樂之速，不待日終，能堅守中正之道而得吉。大學上說：「安而后能慮，慮而后能得。」便是此意。

六三：盱豫悔，遲有悔。

【語譯】

豫卦的第三爻：有瞠目無所措而後悔的象徵，遲疑不決而有悔吝。

【釋爻辭】

「盱」是張目的意思，引申爲視上位的顏色而佞媚（李道平疏）。這一爻與六二爻正相反；六二堅貞自守如介石，而六三舍己從人爲樂，六二見幾而作「不終日」，六三「有悔」不知悔，其根本原因是六二得中正之道，而六三既過「中」又不正，接近這一卦的主體是最強的九四，因此仰視「九四」的臉色，迎合其心意，自己得安樂，必須立即悔改，遲疑就要後悔了。

九四：由豫，大有得，勿疑，朋盍簪。

【語譯】

豫卦的第四爻：象徵豫卦的自有由來，大有所得，不必懷疑，有朋友聚合、交歡的現象。

【釋爻辭】

「由」，是由來；「盍」，同「合」；「簪」是聚髮用的頭上飾物，古人用簪固括紛亂的頭髮，在此用「朋盍簪」來比喻男女朋友聚頭交歡的情景。九四是這一卦中唯一的陽爻，四又是大臣的地位，與上下各陰爻呼應，成爲朋友、同志；更得到「六五」君王的信任，是安和樂利的中心人物，所以大有所得。但是「

六五」柔弱，重任托負給他，必須誠信，不可猜疑，才能以一禦紛，以定止亂，點化群陰。

六五：貞疾，恒不死。

【語譯】

豫卦的第五爻，象徵要貞正自守，有疾病，但常在病中而不會死。

【釋爻辭】

「貞」是常的意思。六五以陰柔之質居至尊之位，又承九四陽剛之上，是如柔弱之君大權托在強臣，自己也尚有物質享樂，不免有心腹之患。就這點來說：則是有如疾病纏身無法治愈，爲什麼不能呢？六五居上卦的中位，還未失去權威，處在這不死不活的狀態，應該謹愼，持守中道，才能避免滅亡。

上六：冥豫，成有渝，无咎。

【語譯】

豫卦的第六爻：成天沈溺在豫樂的幽暗中，即使樂極，也會改變，若能悔改，仍然不會有災禍。

【釋爻辭】

「冥豫」是沈耽于樂，「渝」是變。上六陰柔，已達到安樂的極處，沈溺在昏天暗地的安樂中，樂極生悲，離災禍已經不遠了。倘若轉化爲反面，一反成謙卦（豫的對反對是謙），退而求變，幡然改悟則仍可免災禍，本卦的上卦「震」象徵動，動就有變的可能，沈溺安樂到極點，要有所行動，因應時機，適時反轉。

豫卦義疏

豫卦的時義是安樂，闡明和樂的原則。以如何處豫而言：

初六：鳴豫。——這是不正而取凶之樂。

六二：介於石。——這是守貞而得吉之樂。

六三：盱豫。——這是失正致悔之樂。

九四：由豫。——這是用剛而有得之樂。

六五：貞疾。——這是執著於頑空而無樂。

上六：冥豫。——這是隨心所好而失樂。

初六以安樂而自鳴得意稱「鳴豫」爲「凶」；六二切守中道，不終日而得吉；六三以媚顏附勢爲樂有過而不知過得「悔」；九四「由豫」能安樂以自得；六五柔而不剛，空而不實，不能致樂，也不至招凶；上六樂極生悲。

縱觀致樂之道，總在能順時而動，即順從客觀規律而動則能安，動而合於客觀法則則能樂；順時而動，陽氣舒暢，如雷出地外，奮發登天，震驚百里，一切邪魔魍魎，盡都遁跡，生機不息，大地裡黃芽長遍，世界金花開綻，信步走去，頭頭是道，樂莫樂於此。

另外，人在成功以後，往往沈湎於安樂而迷失自己，這是非常可惜與可憾的，有作爲的人，應居安思危，高瞻遠矚，時刻警惕，不斷提升自己。把獨自的安樂擴大爲大眾的安樂，建立服務的人生觀。孔子說：「己立而立人，己達而達人。」佛陀也強調：「自利利他，自渡渡人。」人人若有服務人生的純正理想，雷聲一作，群起共鳴，共同建立安和樂利的眾樂社會。

心得記要

隨 ䷐ 兌上震下　澤雷隨

【釋卦名】

古代隨字和隋、㰎、隓字是異形同義，都與顛墜相關。隨字從辵旁，說文說是「從」的意思，因爲它本象土阜崩隤或裂開之形，此崩裂，彼處亦隨之，所以有「跟從」的引申義。本卦即是取隨從的意思，初九象傳及上六爻辭更直接用「從」字，朱子從卦變上解釋說：「本自困卦九（即坎下九二爻）來居初，又自噬嗑九（即離上九爻）來居五；而自未濟來者，兼此二變，皆剛來隨柔之義。」意思是說：隨卦是困卦 ䷮ 的九二降到初位；也是噬嗑 ䷔ 卦的上九降到「五」位的變卦；又是未濟卦 ䷿ 的九二與初六，上九與六五交換而來，這些都是剛爻下降在柔爻之下的隨從

形象，所以命名爲「隨」。

卦辭 隨，元亨，利貞，无咎。

【語譯】 隨卦，具有相從的意思，卦德上兑悦，下震動，我動人悦，人悦而我動，有彼此相應之義，故謂隨。

【釋卦辭】 隨卦的上下兩體及兩體的六爻均爲剛居柔下，是「剛來而下柔」。以上下二體言，下震動而上兑悦，我動而人悦，人悦而我動，有彼此相應之義。象徵君主能禮下於臣民，君主能禮賢下士，臣民必然隨從君主，是以己隨人而使人來隨己，彼此相隨從，所以內動而外喜悦，和悦以動，則无不通。就個人修道言，這是以性求情的卦，震屬東家，爲性爲我，兑屬西方，爲情爲彼，有生之初，性情如一，先天眞陽原是我家之物，交於後天之後，走失於外，不爲我有，屬於他家賓客。

若要還元返本，仍要從他家盜來，順隨其所欲，漸次導引，順其所欲是以我去隨彼，取彼之歡心，使彼來隨我，彼我相隨，便是以性求情，以情歸性，失去的故物，仍還歸我家。

但元亨之道，在利於貞正自守，以此而隨，我以正去感通，它便以正應和，彼我都正，假情便化為眞情，假性也化為眞性，所謂「金木交併，木性愛金順義，金情戀木慈仁」，剛柔一氣，性情相合，返樸歸醇，渾然天理，金丹凝結，寂然不動，感而遂通，如此便可以無咎。

大象傳

澤中有雷，隨；君子以嚮晦入宴息。

【語譯】

雷鳴季節已過，熱能潛於沼澤之中，這是隨的卦象。君子見此卦象，應知雷是隨著天時而休息，效法自然而行動，當太陽剛落，夜幕降臨之後，按時休息，知時隨時作息。

【釋大象傳】

隨者就其卦德言，雷主動，澤主靜。動入于靜，陽氣暫歇，有不得不靜的時義，震入於兌是時序轉換，殺氣正盛，生氣正弱之時，人當進入安息時間。生是息的開始，息是生的轉機，宇宙萬物，在時間的消長中生生不息，所以君子應當效法這一大自然的法則向陰而入宴息，動之必先靜之，即是將欲取之，必固予之的道理。在現今工商社會，人事日漸頻繁，晝夜不分，日夜顛倒，通宵達旦已是常有的事；身不健，心亦不順，完全逆乎自然，動靜不合時宜，不死其可乎？

爻辭

初九：官有渝，貞吉，出門交有功。

【語譯】

隨卦的第一爻：象徵主守有了變化，須要貞正自守，才能得吉，出門交接對象，會比較有利。

【釋爻辭】

初九是下卦的主爻，凡是一陽二陰的卦，以陽爲主體，二陽一陰的卦，則以陰爲主體。初九爲陽剛，六二爲陰柔，初九陽剛降其尊貴而去隨從六二陰柔。官是主的意思，渝是變的意思，官有渝是主變爲從，從變爲主。隨之始，本未有主，而忽有主，是渝變其常，此時所隨，須當辨別可否，以正而隨，方能得吉，又當走出户外，與他人交往，擴大接觸面，才會有利，也就是説，破除私見，以群眾爲依歸，隨從大眾的利益，才會有功效。

六二：係小子，失丈夫。

【語譯】

隨卦的第二爻：與小子（初陽）維繫關係而失去丈夫（九五）。

【釋爻辭】

六二陰柔中正，就易的正例言，二五是重位，這裡不取正應而取初九是爲變例，說明隨時之大義，但近於初陽，而失遠於九五的正應。人在追隨時，泰半是捨遠求近，貪圖近利，六二又陰柔，不能自持，未能等待正當的配偶「九五」，而去追隨身旁的「初九」，以致失去了丈夫。小象說：人之所隨，得就正遠邪，從非就失，是理形得兼。今志係在六的初陽，就失去在上的九五，是不能得兼的。

六三：係丈夫，失小子，隨有求，得。利居貞。

【語譯】

隨卦的第三爻：與丈夫（九四）維繫關係而失去小子（初九）。雖然有隨所求而得，但自處貞正則更爲有利。

【釋爻辭】

六三與上六無應而承九四之剛，下又有初九之剛。大體言，陰不能單獨存在，六三既無上應，便會依附靠近陽爻「九四」，下方雖有「初九」但由於親近「九四」，何況初九雖在下，但已被六二所系，也就舍棄了初九，另外，九四陽剛，在擁有實權的大臣位置，所以六三投靠了他。這種捨下而從上，是有必得，但也可能成爲妄求，所以亦須自處貞正。

九四：隨有獲，貞凶，有孚在道以明，何咎。

【語譯】

隨卦的第四爻：陽剛而獲得天下歸心順從己，但九四之勢，如果過份凌越，就難免有危疑，雖正有凶，若心存至誠，不背離正道，明哲處之，何以得咎？

【釋爻辭】

九四得六三的隨附，是獲得人隨，但九四接近九五的尊位，尤有招納之嫌，難免被猜忌，即或忠貞也有危險，處在九四這一具體爻位的情況，唯有誠實守正，才可以無過咎，此非明察事理之人，難以達到這種效用。

九五：孚於嘉，吉。

【語譯】

隨卦的第五爻：陽剛中正，中心誠信，能夠會合亨通。

【釋爻辭】

九五居上六之下，是剛下於柔，符合隨卦的卦義，就一般易例來說，六五比上九多有尚賢之義，而九五比上六則多爲「小人」得勢，但在這裡卻以九五比上六爲尚賢，這是爻義隨著卦義而有的變例。隨卦三陰三陽，陰系於陽，所以陰爻都稱系，二係初，三係四，上系五，是隨從之義（惠棟），由於九五誠心誠意禮下於上六的賢人，則臣民無不隨從君主，終於使上下相隨有亨通之美。

上六：拘係之，乃從維之，王用亨于西山。

【語譯】

隨卦的上爻：象徵須要拘束來維繫，才能隨從，取王者祭祀於岐山的意思。

【釋爻辭】

「拘」是拘束；「乃從」是從而；古文的「亨」通「享」；「西山」是指「岐山」，因周文王東遷於豐，岐山在豐以西。

上六愚而無知，放肆其心，我不能先去隨九五的賢人，便想要他來隨我，窮極而變，轉而離散，強行挽留，拘禁他不從，而又維繫捆綁他，強求強合，妄想太過，猶如王用享於西山，縱使天寶在望，終在西而歸東，終究一生是落空事業，這是指上六這個懸虛不實，不得人心的隨。

隨卦義疏

隨卦六爻以六種不同的情況表示吉凶：

初九：官有渝，出門交有功。——此隨正又不失己之隨。

六二：係小子，失丈夫。——此柔而失眞之隨。

六三：係丈夫，失小子；隨有求得。——此柔而居正之隨。

九四：隨有獲。——此剛而信道之隨。

九五：孚于嘉。——此信其嘉德之隨。

上六：拘係之。——此懸虛不實之隨。

隨卦的六爻之中三剛三柔各居其半，凡是剛爻來居柔下，都有所隨：初九：有渝，九五：學于嘉，九四雖屬柔上也有「所獲」。凡是柔爻則都有所繫：六二：係小子，六三：系丈夫，上六：拘系之。如此一來，剛之有所隨是尊下賢以隨柔，柔之有所系，是位卑柔弱依附於陽剛，構成了陰陽相從又相隨。因此就隨卦的卦義言：「剛來而下柔，動而說（悦）」是能得民之所歸，而柔爻都有所系，歸而得其主，上下相隨，達到調和折中的穩定協暢。人與人之間，個人利益往往有衝突，有必要舍棄個人的私見、私利，隨和眾意、眾利，才能維繫安和樂利的社會。因而不可固執己見，以群眾的利益爲依歸，動機必須純正，不可貪圖近利，有失本分，這是民主精神的眞正內涵。

蠱 ䷑ 艮上巽下 山風蠱

【釋卦名】

蠱在商代作𧈞形，器皿中有蟲，古人以百隻蟲，放在瓶中，一年以後，視其剩下最後一隻，是最毒的蟲，這種蟲能隱形，禍害別人。說文解字說腹內遭遇蠱毒，左傳昭公元年以女惑男爲蠱，都是引申義。本卦出現的蠱，都是假借爲壞亂之事。

卦辭

蠱，元亨，利涉大川，先甲三日，後甲三日。

【語譯】蠱卦。具有創生的、亨通的德性。它的現象有利於涉險濟難，先甲三日的辛日，先須佈新政令進行革新；後甲三日的丁日，又對民眾廣爲宣傳，反復叮嚀，才能實徹執行。

【釋卦辭】古代以天干地支記年，六十年一循環。天干爲甲、乙、丙、丁、戊、己、庚、辛、壬、癸。古代曆法，每年十二月，每月一般爲三十天，三十天又分三旬，一旬十天，每旬第一天爲甲日，第二天爲乙日，第十天爲癸日。甲爲天干之始，君主實施新的政令，都選在甲日，所以甲日爲「宣令之日」象徵創始。政令須提前三天公佈，讓百姓知曉，辛與新同音假借，取「改新之義」，後甲三日是丁日，取「叮嚀之義」，蠱卦爲天下久安積弊甚多，不能守舊不變，需要進行整頓。就修道者言·蠱卦爲元亨之道、去假歸眞務本的實學。元亨不在於蠱，而在於飭蠱，飭蠱之道不再空寂無爲，須要在大險大難中加以修持，在龍潭虎穴裡有所作爲，才能恢復我本來的眞體，煉成金剛不壞之物，利涉大川而能不傷，何況是小險之處呢？它實際的作用和火侯秘訣在於先甲三日，後甲三日。

人的陰陽，就如月的盈虧，月亮在初三傍晚發白，陽光現於西南的庚地，在卦爲震，即所謂的震納庚，至於十五傍晚，現於東方的甲地，在卦爲乾，即所謂的乾納甲。先甲三日就是初十三、十四、十五、這三天月的光輝方圓，人的陽氣正純；後甲三日就是十六、十七、十八，這三天月的光輝已虧，人的陰氣已生。甲前是陽，甲後是陰，這是先後天陰陽之界，當陽氣將純之時，要防陰以保陽，到了陰氣已生之後，要退陰以復陽。

大象傳

山下有風，蠱。君子以振民育德。

【語譯】

山下有風，是蠱的現象，君子用以振起民風，培育新的道德風尚。

【釋大象傳】

風行於天上、水上、地上都能無阻，唯行於山下則遇風而回，草木被摧折，君子觀察此象，用來振濟眾民，養育眾德。亦即是「在己則養德，於天下則濟民。」君子所事，無大於此。人的精神一如人民，人的天眞比作「德」，天眞有蠱，精神萎靡，都是由於不知振發精神，養育善德。

爻辭

初六：幹父之蠱，有子，考无咎，厲終吉。

【語譯】

蠱卦的初爻：象徵子繼父志，糾正治理先父所造成的蠱亂的事，有兒子能補父之過，使父親不受責難，沒有災咎，但要勤奮自勉，才能有終吉。

【釋爻辭】

初六居內在下而爲主，能擔當父時已有的統緒，從而飭而振起，有能幹的孝子，所以先父得免於過錯，但知危能戒，惕厲兢戒，終得吉祥。小象說：能擔當已有的統緒，而整治振起，乃心意誠敬而承擔先父之事業。蠱之始，根本圓成，若防陰於未盡之先，如幹父之蠱，有子隨之，考宜有咎者，即可无咎。但飭蠱之道，非是空寂無爲，必須危厲戒懼，庶乎邪氣不生，根本不傷，能謹於始，自吉於終，此防陰於未蠱之先者也。

九二：幹母之蠱，不可貞。

【語譯】

蠱卦的第二爻：象徵兒子整飭治理母親造成的蠱壞之事，不可太剛強固執。

【釋爻辭】

九二陽剛，在下卦之中，與「六五」相應，這是兒子爲母親善後的形象，而剛強的兒子，爲柔弱母親的失敗善後，如果過份認眞譴責，就會傷害親情。下卦「巽」是順、入；因此，應當緩和的勸告，使母親採納自己的意見，不可以堅持己見，要以中庸的原則來應變。子之於母，當以柔順輔導之，使得於義，須屈己下意，巽順將承，使之身正事治就是，所以說不可貞，即不可貞固盡其剛直。

九三：幹父之蠱，小有悔，無大咎。

【語譯】蠱卦的第三爻：象徵兒子整頓治理父親造成蠱壞之事，雖有小悔，但沒有大的過咎。以剛幹剛，剛之太過，如父剛子剛，幹父之蠱，未免小有所悔，然在飭蠱得正，雖有小悔，可无大咎耳，此飭蠱太過於剛者也。

【釋爻辭】九三以陽剛爲幹主，子幹父事，因過剛不中，而有小小的悔事，但能順而居下得正，剛居剛位，雖有過剛之嫌，但蠱亂之事無剛不足以爲治，即或有傷父子之情，最終也不算有什麼過錯，所以說「終」，「無咎」。

六四：裕父之蠱，往見吝。

【語譯】蠱卦的第四爻：象徵以寬緩攸閑處理父親蠱壞的事，如果長此以往，便會自取其辱。

【釋爻辭】

六四柔居柔位，過於柔弱不能自立，不足以擔當大事，過於寬緩，雖有心革新，卻一無所獲，雖處正，僅能循常自守，若往而無助應就見吝。有蠱而不即飭，姑息養奸，如父有蠱，而子裕之，以是往而修道，邊以自取羞吝耳。此飭蠱太過於柔者也。

六五：幹父之蠱，用譽。

【語譯】

蠱卦的第五爻：象徵兒子整頓治理父親蠱壞之事，因而得到了榮譽。

【釋爻辭】

陰柔居尊，下應九二，能任剛陽之賢，以輔成幹父之事，因而可以聞譽。柔順虛心，示己之無，稱人之有，如幹父蠱而用譽也，以譽而用他家之剛明破我家之昏暗，有蠱即可歸於無蠱，此飭蠱善用其柔者。

上九：不事王侯，高尚其事。

【語譯】蠱卦的上爻：象徵蠱壞的事既已完成，便不再為王侯之事操勞，而能潔身自守。

【釋爻辭】上九陽爻剛毅，在上位無位的位置，象徵淡泊，置身事外，有自己的原則及志向，作自己本分的事。剛居於柔，無貪無求，根本不傷，無蠱而亦不飭，是以不事王侯，高尚其事也。尚道德而不圖名利，其居高，其事大，止於至善之地而不遷，俯視一切萬物皆空，根本堅固，不待修為，而自無蠱，此無蠱而亦不飭者也。

蠱卦義疏

我們觀察蠱卦六爻的變化：

初六：幹父之蠱，有子，考無咎。——此防陰於未蠱之先。

九二：幹母之蠱—此喻不可任其剛直。
九三：幹父之蠱，小有悔。—此飭蠱太過於剛者。
六四：裕父之蠱，以道事親。—此飭蠱太過於柔者。
六五：幹父之蠱，用譽。—此飭蠱善用其柔者。
上九：不事五侯。—此無蠱而亦不飭者也。

蠱卦最基本之中心意趣是事，是發生事了，有事了要去治事，治事要遵守先人的傳統。

蠱卦闡明振衰起弊的原則，天下積弊蠱壞，後人當治前人之蠱，而治蠱以剛柔適中爲宜。初六居剛用柔治蠱能使「考無咎」；九二以居柔用剛治蠱「得中道」；九三居剛用剛，終無咎。六四居柔用柔，不能治蠱而「往未得」；六五居剛用柔得中治蠱而獲「譽」；上九以剛居剛，處蠱事之外，潔身自守而「高尚其事」。人之生初，至善無惡，渾然天理，本無可修，亦無可証，既無所傷也無所飭，到了二八之年，陽極生陰，性近習遠，就像巽卦初陰，生於二陽之下，陰氣漸長而本來面目生蠱，但天道未有陰而不能陽，人事未有壞而不能修的道理，飭蠱之道，就像艮的一陽，止於二陰之上，不爲陰氣所傷，借此一陽而歸根復命，這是君子務本之學，飭蠱之道，總在一念回機。

心得記要

臨 ䷒ 坤上 兌下 地澤臨

【釋卦名】

金文的臨字作「[illegible]」（大盂鼎），「[illegible]」（毛公鼎），是「看」的意思，近人高亨説宅从人，从目，从品；品，指眾物之物。毛公鼎：「肆皇天亡斁（無斁，無厭的意思），臨保我有周。」詩經大雅大明：「上帝臨汝」，論語：「臨之以莊，則敬。」都是上天或君主臨監下民。從金文和詩書中可以看出臨監引申有保佑、垂顧、降福的意味。

卦辭

臨。元、亨、利、貞。至于八月有凶。

【語譯】

臨卦。具有根元的、亨通的、利益的、貞正的四種德性。但到了八月則有凶。

【釋卦辭】

「臨」，卦名有監察的意義。又有「以尊適卑」「以上撫下」之意。根據漢代象數易學學家的觀念，以本卦屬於代表一年十二個月份的十二辟卦之中、象徵冬季十二月二陽昇騰於四陰之下的現象。但本卦的卦辭，卻以「至于八月有凶」而言，這是什麼道理呢？因爲十二辟卦中代表八月的觀卦恰與臨卦互反相綜，變成二陽息退於四陰之上的現象。根據天道運行陰陽互爲消息而形成勝負的法則，所以便說：「八月有凶」。也是說在剛長之時知道不久將消，要治思亂，安思危。

大象傳

澤上有地、臨。君子以教思无窮，容保民无疆。

【語譯】

臨卦的大象辭是說：水澤岸上有土地，相密近便是臨卦的現象。君子們觀察此現象，效法它的精神，來行教育的心願，至誠不厭的教導。沒有窮盡，而且以寬厚優容的德性，來保護萬民至無疆。所以臨卦是元、亨、利、貞、是大亨之象。

【釋大象傳】

「澤」無物不浸潤，「地」無物不承載，澤上有地是自然形成的大澤，容量無限，上臨下，下臨上，彼此臨近，親密無間，君子效法卦象，知道教化不可不興，民命不可不立，道之以德，齊之以禮，漸次感化，地之廣生，容民不苛，保護百姓，容納百姓還浸潤百姓，容保百姓，無遠弗居，如果是無位的君子，也要效法教人保人的原則，誨人不倦，立言著書，願人人成聖，個個成道，有大度量、大包容，人我同觀，無物不容，無物不愛，也是容保無限，不論有位無位，總是生物爲心。

爻辭

初九：咸臨。貞吉。

【語譯】

臨卦的初爻：是初九得正位。象徵有受感召而來臨，所以貞正而吉祥。

【釋爻辭】

「咸」：无心的感叫咸。按易例，陽上陰下是明尊卑的大分，而陽下陰上則以往來交感取義，臨卦初、二兩爻是陽剛屈尊，降下以臨四柔，剛漸長而四柔莫不和悅順從以相應，初又應六四，雖無心感於六四，而六四與它自相感應。貞吉有三義：㈠指爻位既正且吉。㈡指爻位得正才得吉；㈢指貞固自守不可輕舉妄動才得吉，這爻的貞吉，是以剛信陽位既得位而且吉。

九二：咸臨。吉。无不利。

【語譯】

臨卦的第二爻：是陽剛得中，方長而漸感，感動六五的柔順，親臨信任，所以是吉的，沒有什麼不利。

【釋爻辭】

與初爻一樣，也有都受感召而來臨的象徵。是吉的，沒有什麼不利。但是還有未能完成順命的象徵。

六三：甘臨。无攸利。既憂之。无咎。

【語譯】

臨卦的第三爻：有口出美言取悅二剛的象徵。但無所利。既能處之以憂患的心情，便沒有災咎。

【釋爻辭】

「甘臨」：以甘美喜悅來臨（本義）。下二剛爻最臨近於六三。六三陰柔，在說禮又不中正，專以甘美喜悅來臨人。這在上而以甘悅臨下，失德之基，無所利。陽方長而上進，所以不安而進甘，若知危而憂。持謙守正，至誠自處，具有「臨事而懼」的小心謹慎。雖有過錯，當然不會太長久的。

【語譯】

六四：至臨。无咎。

臨卦的第四爻，象徵至要之臨，沒有災咎。

【釋爻辭】

「至」是下至於地的意思，從一，一就是地。在這裡初九是地，第四爻恰好以柔居柔位。柔而守位。與初九相應。以這種心態對待初生之陽是至要的臨，乘時採藥，便沒有災咎。

六五：知臨。大君之宜。吉。

【語譯】

臨卦的第五爻：象徵以明智臨天下，這是適宜大君的爻象，是吉的。

【釋爻辭】

「知臨」︰不自用而任，是眞知。古時︰上君用人智、中君用人力，下君用己能。六五柔順居中而尊，下應九二的陽剛。凡人自任其小聰明，適足爲不知，唯能取天下的善良，任天下的聰明，則無所不己知。以不知任其知，便是大知。能以明智臨天下，任剛中之賢，成知臨之功。能知臨，則心君清泰，神明內照，混合陰陽，無害而有利。

上六︰敦臨。吉。无咎。

【語譯】

臨卦的最上爻︰象徵以敦厚而臨下。是吉的。沒有災咎。

【釋爻辭】

「敦臨」︰敦厚於臨。上六到臨極而不過，敦厚而臨下︰尊賢而取善，所以吉祥而且無咎。上六與六四爲敵應，但下剛浸而長的發展看，上六居外卦而能其臨下應二剛。乃志在自有爲而入無爲。返樸歸眞。至善無惡。所以本來面目全現。

臨卦義疏

臨卦闡釋了自上臨下領導統御，臨爐採藥的原則。臨爐下功，扶陽抑陰的元亨之道，各隨時機的不同，有各異的要訣：

初九：咸臨，貞吉。—在臨爐之始，一念純眞，有感便臨，是謹慎於初的臨。

九二：咸臨，吉。—陽氣漸長，自微而著，是剛氣吉利的臨。

六三：甘臨。—指在上而以甘悅臨下，告誡棄假就眞的臨。

六四：至臨。—是柔而守正，臨於至要，承時採藥的臨。

六五：知臨。—是柔順得中，心君清泰，神明內照，混合陰陽的臨。

上六：敦臨。—是自有爲入無爲，如如穩穩，全始全終，有吉無咎的臨。

統觀六爻，各有臨道，只有第三爻甘臨不利，其它五爻，都隨時而運行，進退急緩，都有妙用，實是臨爐火候的指津，學者倘能在臨卦中鑽研出個消息，那麼金丹火候，可得其大半之旨了。

臨卦在十二消息卦是二陽漸長，十二月（丑月），陽之所以能長便是在於能降下，由上降下而臨於陰，眾陰和悅順從而應乎剛，相反相成使得陽剛大得發展，所以元亨。陽長而陰消，所以六爻中的二剛臨四柔、相臨又相逼。六三位不當，六四僅無咎，六五行中能得「宜」，上六居卦外之地而得「吉」。四個柔爻距離二剛愈遠愈有利，剛柔進退各以卦時論卦位，體現出陽長則陰消，彼此相感、相與的現象。

臨卦用現代人的眼光看，可以說是一種實驗的人學，也是人生在社會，接觸各類的人，必須要確實臨近、臨接，來作最實切的考察。始終萬變歸之於自強不息、始終萬變歸之於實學道義、始終萬變歸之於人文德慧生命、始終萬變歸之於文化大本開新。即是大易臨卦的精神。

心得記要

觀　䷓　巽上坤下　風地觀

【釋卦名】

觀。爲雚字重文，古以雚通觀。小篆的觀字从見、雚聲。本義作「諦視」解。這個見，並非走馬看花，浮光略影，心不在焉的見，而是仔細審視之意。故从見。又以从雚爲鸛字的初文。鸛爲善於視物之猛禽，觀乃取其善視之意。故从雚聲。穀梁傳隱公五年中說：「常事曰視，非常曰觀」。就是這個道理，本卦的彖傳說：「中正以觀天下」是指待人；六三、九五爻說「觀我生」和上六說「觀其生」。生就是性，是指律己，人我雙方都照顧到。

卦辭 觀。盥而不薦。有孚顒若。

【語譯】

觀卦風行地上，有以示人而為人所仰望。如祭祀之前先潔手而來奉獻酒食之類。是要內心盡其誠信於中，莊嚴可敬的樣子。

【釋卦辭】

「盥」：祭祀前先潔手。「薦」：奉酒食而祭。「顒若」：本義仰望，引申為莊嚴的意思。

古禮：天子主持大祭先洗手，然後酌酒獻祭品等等。此卦義是說九五的君主主持大祭，自洗手開始就非常莊重嚴肅，精誠專一、不可輕率、自用的威儀，不待奉獻祭品，就使人建立信仰。被恭敬仰慕，使群臣（喻四陰）信服感化，所謂行不言之教，不言而信之喻。

大象傳

風行地上，觀。先王以省方觀民設教。

【語譯】

觀卦的大象辭說：風在地上面拂行遍及各處是觀。古聖先王們用此道理，效法它的精神。來省視四方。觀察民情，而設立作爲政教的方針。

【釋大象傳】

「省」是省視、視察。「方」是方域，各地區的意思。風吹拂在地上，無物不被其吹拂察視，無物不隨之鼓舞，先王見於此，知道一方有一方的風氣、性格，不得執一法而教化之。以此省各方的風氣，觀民之性格，隨方設教，因人開導，如風行地方，隨高就低，東西南北，皆不礙得，大凡有教人之責任的，則此而教人，才能感人化物。

爻辭

初六：童觀。小人无咎，君子吝。

【語譯】

觀卦的初爻：象徵童子的觀察。對於小人來說是沒有什麼災咎。如果對君子來講。便有塞吝了。

【釋爻辭】

「童觀」：如童稚觀識淺近（本義）。初六柔弱。在陰下，距九五最遠，如幼稚的蒙童。所觀察是淺近而不遠，難以受其教化。這在小人就無咎。而君子反變成有塞吝了。王弼說：「觀之爲義，以所見爲美者也。故以近尊爲尚，處大觀之時而爲童觀，不亦鄙乎？」

六二：闚觀，利女貞。

【語譯】

觀卦的等二爻：象徵偏狹的觀察。是利於女子的貞道。

【釋爻辭】

「闚」：窺覘。在閨門之內窺視九五，雖能看到一點威儀，但看不清楚。六二陰柔居陰位得應於五，中而當位，但被三、四爻所隔在門內窺觀於外。是利於女子的守貞之道。對大夫修德立業而言，不遠之觀則無所利。

六三：觀我生，進退。

【語譯】

觀卦的第三爻：象徵觀察我自己生存的時空，而知所進退。

【釋爻辭】

「觀我生」：觀己之所行。（本義）觀我自己的動作施爲。六三是柔居陽位，體柔而用剛，容易躁進，而三位又是下體之上，上體之下，處在或上或下之地，應當觀我自己所行、所作之通塞，擇善固執，不可趨炎附勢，隨時進退。

六四：觀國之光。利用賓于王。

【語譯】 觀卦的第四爻：象徵可以觀察國家的盛德光輝，這有利於賢德的人做王朝的嘉賓。

【釋爻辭】 「國之光」：是由國家政績風俗，可以看到君王德行的光輝，今天所說的「觀光」，就是語出於此。

六四陰柔得位，又切近於王。所以明顯看見九五中正之君治國之方。六四陰爻，又在上卦巽體的最下方，適於柔順輔佐君王，因而出仕朝廷吉祥。春秋時，陳國的敬仲，生下來，占卜得這一爻，後來雖然逃亡他國，三百年後，他的子孫田氏，終於掌握了齊的政權（左傳）。

九五：觀我生，君子无咎。

【語譯】

觀卦的第五爻：象徵觀察民德的善與不善，以爲自己省察的借鏡。

【釋爻辭】

九五：陽剛中正而居尊貴的位置，下面有四個陰爻仰視。常觀察自己的所行。因爲時代的治亂，風俗的美惡，都在我的維繫，所以有盛德的君子，就不會犯錯。以君子言，應當經常反省，觀察自己的日常作爲，堅守中正，當然就不會有災禍了。

上九：觀其生，君子无咎。

【語譯】

觀卦的第六爻：象徵有反觀它的民生，具有君子的現象，沒有過錯。

【釋爻辭】

「其」：是指九五，二陽將消之時，上九與九五同命運共患難，生存全繫於九五。

強調觀其生是強調剛居於柔，放棄有爲而進入無爲，觀察陰氣自下潛生而加以拒退，雖然可以超然物外，仍然被世人觀察，如果剛毅無欲，由大觀而神觀，才沒有災禍。

觀卦義疏

觀卦的爻辭與象辭。都是從卦名觀字的重心出發。然後以爻變的現象而解說它的象徵。綜合本卦的卦象，以「風行地上」而成觀：這是神明覺察的卦，每爻的爻義代表不同的時機吉凶不等：

初六：童觀。—這是頑童無知之見最下等的觀。

六二：窺觀。—這有如車內鬩觀，不遠的觀。

六三：觀我生進退。—這是觀察自己的行爲而知所進退的觀。

六四：觀國之光。—這是指親近有道之士，以小借大的觀。

九五：觀我生。君子无咎。—中正剛毅是有爲的大觀。

上九：觀其生，君子无咎。—這是從大觀而神觀，陰退陽全，無爲之神觀。

本卦四陰順生，二陽漸消，陽氣勢必被陰氣所消盡，神明覺察的人，逆此弱陽，而不爲陰氣所傷。但人，氣質有拘、積習已深，陰氣不可能馬上就順服，得用漸修的工夫，順其欲而徐緩引導，使它自消自化，自順自退。爲什麼呢？因爲眞一來而假自化，能眞誠而客氣自然不見。陽漸進於上，而陰順退於下，陽統陰而陰順陽，陰陽相應，内外如一。祭神的時候，先淨手誠中，然後供物溫恭於外，取其用誠漸感以神交而不以形交。本卦又闡示順而巽進的妙義，神明默運，到達大觀神觀，保眞除假而能長生，不知此義則小觀近觀，認假棄眞而傷生。主要在於觀察的眞假上面而已。所以從卦象的大義來說，周易的觀卦及大壯卦，都是尼山憂世而著春秋的精神之根據。再說：觀赴是現代人生活中建立新人生觀的條件。它決不是形式的。它是實質的、精神的。觀不能作童觀。那太幼稚淺狹了。又不能在房子裡面觀，而是要觀宇宙、精神、觀山河、景象。觀最重要的是要觀自我的一生。在宇宙間的一切活動。還有只是內觀是不夠的，還必須外觀客體。才可以在新的時代裡，建立新的人生觀。

心得記要

噬嗑 ䷔ 離上 震下 火雷噬嗑

【釋卦名】

噬是齧，說文作「啗」（食）或「喙」（口）以齒咬物爲噬，吃的意思。小篆從口，筮聲，本義作「啗」解，吞食之意。又以筮爲以蓍卜休咎，含有棄著根葉而取其莖爲用之意味，故噬亦有棄粗糲而取精美之意，故從筮聲。嗑是合口，就是咀嚼，說文「讀若呷」，按從甲旁的字有「呷」，說文「呷、吸呷也」，現在閩南語「呷」也是吃的意思。閩南語中「吃喝」又常通用，如「喝茶」稱「呷茶」。故噬嗑即今語「吃喝」。本卦以飲食之道比喻刑罰用獄之道。

卦辭 噬嗑，亨。利用獄。

【語譯】 噬嗑卦具有亨通的德行，象徵利於決斷訟獄。

【釋卦辭】 頤卦是象張口，上下顎相對，中間無物。噬嗑則加了九四陽爻，成爲咬合咀嚼的形象，因此命名。此卦占斷是亨通。凡事不能亨通必然是中間有障礙。這一卦將中間障礙咬碎了，當然就亨通。古者庖犧氏章所謂「日中而市，交易而退，蓋取諸『噬嗑』。」也是因此達到貨暢其流。至於刑獄之事，其目的在除暴安良、鏟除治安的障礙。用獄之道，更應當像吃東西那樣，咀嚼辨味與齧物般決斷，方能毋枉毋縱。若是眞情不明，是者爲非，非者爲是，冒然用刑，便可能殃及無辜、誤傷性命。所以歐陽修說：「死獄，求其生而不得爾，死者與我皆無恨也！」（瀧岡阡表）

修道如治獄，先要辨別眞假是非。本卦卦德上離明，下震動，動必本明，明而後動，有不空於動之義。窮理不徹、行持必不通。行動前辨明清楚，行動便能無不如意。辨別是非如審斷善惡，去假存眞而保性命亦如賞善罰惡而伸冤曲，人能以治獄之道窮究實理、則明於心，見於行，盡性至命未有不亨暢吉利的。

大象傳

雷電噬嗑，先王以明罰勑法。

【語譯】

大象傳說：雷電相合，是噬嗑卦的象徵。先王用來申明刑罰整飭法令。

【釋大象傳】

噬嗑是口食而合，動不妄動，動而必明其滋味。卦德上離火、下震雷，隨雷之火爲電，是電雷一處，雷以震物，電以照物，刑中有德，殺中有生。先王有見於此，知道強暴凶惡之徒，蹈於死地而無可逃避，乃在於不知有罰法。所以治律條，以明輕重大小之罰，使人知所趨避。若有不服教化，明知故犯，衡量輕重大小之罪、繩之以法，使人知道法不容逃。先明以示之，後威以行之。生殺分明，刑德兩用，使執法者不濫刑而受法者能口服心服。噬而能嗑，彼此無間。

所謂「嗑而未噬」者，未先窮究實理即冒然下手，終入於旁門曲學，著空執相，求長生之不得反促其死，結果是空空無物，無益於事。此所謂「動不妄動，動而必明其滋味」其此之謂乎！

爻辭

初九：屨校滅趾，无咎。

【語譯】

噬嗑第一爻：象徵初犯刑的人，加上腳鐐，遮沒了腳趾，警誡他不敢再犯，沒有災咎。

【釋爻辭】

「屨」是履，戴的意思。「校」是木製刑具，在頭稱枷，在手稱梏，在足稱桎。這裡是說初犯刑而罪不重，罰戴腳鐐，遮沒了腳趾，使警惕而不犯大過，就時下的講法也就是「無傷」！

就人而言，所謂「愼心物於隱微，遏意惡於動機」，也是這個道理。本爻剛而不明，冒然前進、致咎。亡羊補牢未爲晚也，若能反躬自省，好好先在窮理格致上下工夫，則庶幾不負其意。

六二：噬膚滅鼻，无咎。

【語譯】

本卦第二爻：象徵咬柔軟的肉那樣容易，肉掩沒了鼻子，但是沒有災咎。

【釋爻辭】

「膚」是柔軟的肉，「滅」是遮沒的意思。六二陰爻居柔得正，在下卦中位，因此裁判公正刑罰適切，處置罪犯像咬柔軟的肉那般容易，但其下是剛硬的初九，若急懲戒，不唯無補於內，且有傷於外。本爻柔而不剛，見理未深，僅及於膚淺層面，冒然而行反而有害，幸位柔而中正，見理未眞不敢行持，得以无咎。這是窮理功夫尚未深入的階段。

六三：噬腊肉遇毒，小吝无咎。

【語譯】本卦第三爻：象徵咬堅硬的臘肉，因陳久而味道濃烈不易下咽。雖稍有不如意，但是沒有大的災咎。

【釋爻辭】「腊」音「昔」，堅剛之肉。明來知德云：「以鹽火乾之肉」，與今臘肉相似。「毒」，說文：「厚也」，顏師古曰：「味厚者爲毒久」。六三陰爻柔弱不在中位；又柔居剛不正，象徵優柔寡斷。像遇到陳久難斷的案件，一時難決。比如肉至於腊，必須剛烈深入才知味道，雖不易下咽，但咬碎後能排除障礙，不會有大的過失。本爻比六二識見稍高但仍未得眞，似是而非。卻因柔居剛位、志剛而性柔，不成事亦不敗事，是窮理漸入的階段。

九四：噬乾胏，得金矢，利艱貞，吉。

【語譯】

本卦第四爻：象徵咬堅硬的乾胏，又得到剛直的金矢，雖然艱困，保持正道不可循利，才能吉利。

【釋爻辭】

「胏」是貼骨之肉，骨肉相連，絲膜相雜。九四已過半，罪惡擴大，必須施以嚴刑。當然也會遭遇頑強抵抗。用咬乾胏來比喻，貼骨之肉而至於乾，不易剝去，但不刻入深進，不能見眞。必須秉持金矢般剛銳正直，才能無微不入，使似是而非之假一概剝去，而得其眞。達到『明於動，動而無有不明者』這種窮理見眞的境界。以全卦言，九四是頤中之物，口能不能合，端看這一爻。所以噬這一爻尤須用力。

六五：噬乾肉得黃金，貞厲，无咎。

【語譯】

本卦第五爻：象徵噬咬乾肉，但得到中正剛毅的輔佐，貞正而驚懼，沒有災害。

【釋爻辭】

乾肉比乾胏柔軟而無骨，但食而無味。六五陰爻柔順，位於外卦至尊中位，以君權刑罰，又能適中自然容易使人信服。黃是土色，土在五行中央，黃喻中央又象中庸。金象徵堅貞剛強，比喻六五得九四剛毅的輔佐，貞厲是正而驚懼。道理雖已明瞭，仍要虛心戰戰兢兢，以臨淵履薄的心情，分析整理再下工夫，以達到無行不合于道，無事不得吉。也就是孔子所謂：『從心所欲，不踰矩』的地步，這是到了絕無一疑的境界了。

上九：何校滅耳，凶。

【語譯】

負荷木枷的刑罰，掩沒到耳朵了。遭凶。

【釋爻辭】

「何」通荷，也就是負荷擔戴。上九陽剛居上，自恃其剛強，以致積小惡而成大罪，被繩之以法。肩上擔負的木枷遮過了兩耳，遭凶。初九的『小人』少懲大誡能夠『止不行』，上九的『小人』積不善而成惡名，必須大懲。繫辭傳在解釋這爻辭時說：「善不積不足以成名，惡不積不足以滅身，小人以小善爲無益而弗爲也，以小惡爲無傷而弗去也。故惡積而不可掩，罪大而不可解。」這裡爲什麼不說滅其目而說滅耳？因爲迷惑之人之所以不明大道，都是由於亂學亂問聽言盲師，不辨眞假著空執相，每每招凶受害，禍根在耳故也！

噬嗑卦義疏

噬嗑卦表面上是闡釋刑罰的原則，實際上是格物致知窮理之學。在進德修業的過程是這樣的：

初九：屨校滅趾。——這是比喻行道先貴窮理。

六二：噬膚滅鼻。——這是指窮理未深入的情形。

六三：噬腊肉遇毒。——這是窮理漸入的情形。

九四：噬乾胏，得金矢。——這是窮理見眞的情形。

六五：噬乾肉得黃金。——這是窮理到絕無一疑情形。

上九：何校滅耳。——這是迷人不明大道，不知窮理的情形。

通噬嗑全卦之義，有強不合而合之義。強使不合而合，勢必須鏟除中間隔斷的梗塞。所以初上二爻以人論事。初九小懲而能合得无咎，上九大懲不合而遭凶。中間四爻以事論理，六二噬嫩肉合的容易而无咎。六三噬腊肉合的稍難，雖有小吝終而无咎。九四噬貼骨乾肉最爲難合，所以誠之以『利艱貞』然後吉。六五噬乾肉得黃金是易中有難，誡之以貞厲然後无咎。強梗的小人或氣質之性對聖人而言，未必都能退聽如願，所以用艱貞之力以成其吉，操貞厲之心以免其咎，六爻之中沒有一爻得以全利，這是因爲處在強合的時義，無暇求利，以得通無咎爲幸。在盡性至命言，初爻警惕行道貴先窮理，上爻謂剛愎自用冒然下手之可悲。二至五爻窮理功夫由未入而漸入而見眞至絕無一疑，正是剝了一層又一層以至於眞髓，無纖毫疑惑，方是眞知灼見，以明於內，以驗於外，則庶幾乎可達『無行不合道，無事不得吉』的境地。

賁 ䷕ 艮上離下 山火賁

【釋卦名】

賁是古代「班」字，有文彩的意思（經典釋文引傳說）。文彩必然由兩種以上顏色構成，有文彩即有美飾的含意。小篆賁，從貝卉聲，本義作「飾」解，乃指裝置物以增華美而言。古以貝美可以爲飾，故從貝。又以卉音「惠」，爲草之總名、而眾草多奇美足供玩賞、美飾有供人玩賞之意，故從貝卉聲。書・湯誥「賁若草木，兆民允殖」，注賁，飾也，書・大誥「予惟往求朕攸濟敷賁」，蔡傳賁，飾也，修明典章制度。釋文「賁，卦名，離下艮上，有文明而各得其分之象」。

卦辭

賁，亨，小利。有攸往

【語譯】

賁卦有亨通的德性，象徵有小利，並且可以往前行。

【釋卦辭】

雜卦傳説賁是無色，而序卦傳説賁是「飾」義。一説無色是就「素」色而言，就是素質，內在的本質。而飾爲文飾，文飾加於外，爲外表現象，就本卦下體言，離「☲」本是乾「☰」體，坤之中爻交於乾而成離「☲」，因此是以剛爲質以柔爲文，能夠致亨通之道。上體艮「☶」是坤「☷」體，由於乾之上爻交於坤而成艮「☶」，坤順爲質，乾剛爲文，故小利有攸往。本卦卦德上艮止，下離明，明乎其所止，止於其所明。自明明德而止於至善之謂也。這是潛修密煉的功夫。所謂止：止於至善寂然不動；所謂明：明其明德感而遂通。靜則無爲，動則有作。明於止而止行明，得於心而驗於事，方謂眞止、眞明。卦辭上説：小利，有攸往。亦可作這止、明之驗証。苟能由明而止以養明，由止而明以通明，明止不拘隨時而用，即便是「大火裡栽蓮、泥水中拖船」，由於一靈妙有，法界圓通，自明於止而止於其所當止矣！

大象傳

山下有火，賁。君子以明庶政，无敢折獄。

【語譯】

象辭上說：山下有火，有文飾、光明的象徵。君子用以修明政事，不敢冒然決斷訟獄之事。

【釋大象傳】

賁卦上艮山、下離火，山下有火，山下草木山林俱被火光照耀，有文飾、光亮之象，所以稱賁。君子見此現象，知道山下的火光亮不夠，比如人的才質缺乏識見不遠，猶能修明風俗利弊、錢穀詞訟之類繁瑣的政事，因爲這些即便是做錯了，仍可更正補救，至於幽隱難辨的刑獄之事，恐自己不足以明察秋毫，不敢輕言處置，以免殃及無辜，誤傷性命而悔之晚矣！

就修道者言，庶政如日常接物應對進退，稍有才智者即能分辨。獄事則如盡性至命這般幽深粵妙的道理，必須有賴眞師口傳心授，才能折辨不差，信手拈來頭頭是道，大徹大悟，進而利己利人，功德至大。若無師父，妄自猜臆，勉強蠡測，差之毫釐，謬以千里，必將誤人性命，何敢折乎？「无敢」是聖人教人養小明而漸求其大明，不可自恃小明而自惑惑人也！

爻辭

初九：賁其趾，舍車而徒。

【語譯】

賁卦的第一爻：修飾它的足趾，象徵捨棄不義的車子而寧可徒步。

【釋爻辭】

要美化自己的言行舉止、必須擇善固執，就如同捨棄不當的華麗車子，寧可腳踏實地信步而行。初九陽剛居下卦明體，所以剛毅賢明，能謙卑自下抱道而居，一心美化自己。這種剛毅，不會爲了追求外在奢華而污染了樸實無華的本性，這是一種剛強堅守正道的德行。正如孔子：不義而富且貴，於我如浮雲。又如孔子稱道的顏回：居陋巷，一簞食、一瓢飲，人不堪其憂，回也不改其樂。

六二：賁其須。

【語譯】

賁卦的第二爻：象徵修飾它的鬍鬚。

【釋爻辭】

「須」是鬚的本字，口邊稱髭、兩頰稱髯、頤下稱鬚。六二陰柔中正，與九三接近，雙方在上卦又都無應，彼此關係密切，一起行動，象徵六二裝飾下顎與下顎一起行動。六二在沒有應援時，要接近有實力的九三，虛己求人，如同知道自己識見有限而學海無涯，必須借重先賢識見，才能擴充長進。

爲什麼不找初九呢？照比應易例而言，剛在柔上成比爲順，柔在剛上不成比而爲逆。初九與六二是柔乘剛，爲逆而不成比，初九便接受六四正應的文飾。九三與上九不相應而與六二成比，欣然接受六二的文飾。就人言，軀體為質，鬚為文。就二、三兩爻位言，九三陽剛為質為軀體，六二陰柔為文為鬍鬚，文不能離質而獨存，所謂「皮之不存、毛將焉附」？就如同鬍鬚不能脫離軀體而獨立存在。蔣悌生說：「須於人身無損益於軀幹，但可以為儀表之飾，周施揖讓進退低昂皆隨面貌而動，使人儀舉者文采容止可觀」。

九三：賁如濡如，永貞吉。

【語譯】

賁卦第三爻：有文飾潤澤的樣子，唯有長久固守實質，而不陷於表面華麗，才能得吉。

【釋爻辭】

「濡如」是濕潤光澤的樣子。九三處於下卦離體之極，剛明太過只知用明，不知虛心求教，這種明德層面必定有限。一個剛爻陷於三個柔爻之間，被裝飾得光明柔潤，但六二及六四都不是相應的正當匹配，雖令人陶醉卻不能被誘惑以致沈溺不能自拔，所以告誡它，唯有長久固守實質，而不陷於表面華麗，才能得吉。幸而剛居剛位，永不變其所守，雖不能賁於外，能賁於內，也是吉利的。

六四：賁如皤如，白馬翰如，匪寇婚媾。

【語譯】

賁卦第四爻：象徵以白素修飾自己，心裡像白馬飛翰一般的急切，對方不是盜寇的侵襲，而是求婚媾的人。

【釋爻辭】

老人鬢白稱「皤」（何楷）。「翰」是鳥飛一般的快速。六四柔居上體，四爻是多懼之位，所以雖然心中不明，急求其明，本來六四與初九是正當相應，相互裝飾，可是九三隔在中間，形成障礙。而且以上求下有挾貴自尊之嫌，幸六四柔而得正，眞心實意出於自然，不是勉強。初九安步當車，也是著重實質、不務虛榮，彼此志同道合，「匪寇婚媾」。

六五：賁於丘園，束帛戔戔，吝，終吉。

【語譯】 賁卦第五爻：象徵隱於山林園圃之間、簡樸地用五匹束帛禮聘賢人。雖有些寒酸，但終究是吉利的。

【釋爻辭】 「丘園」是山丘林園曠遠無人之處。「束帛」是五匹一束的絹，也是絲織品的總稱。「戔戔」是輕少的意思，如水少是淺，貝少是賤，金少是錢。六五柔而不剛，執中無權。孤寂靜守、象徵著重內在實質、不重外表形式，淡泊人世、不近人情。以六五之尊，簡樸從事禮聘賢人，行聘禮僅用五匹束帛，當然寒酸，但是柔而得中，實質重於外表。「弱而有禮」，雖被譏爲吝嗇，最後仍然會吉全。

上九：白賁，无咎。

【語譯】 賁卦的第六爻：比喻返璞歸於質素，它是沒有災咎的。

【釋爻辭】

「白」是素色，上九在賁卦極點，一切裝飾由極端返樸歸於質素。人類用禮法來整飭修飾，達到極處時，恢復到本來面目，不致有弊，無弊當然無咎。上九爲成卦主爻，志在成賁。賁之有文必有質，有質必有文。上九以素質之色去與六五文飾，終則文飾復歸於質。且上位無位，已是局外之人，頓悟一切，放棄虛飾悠然自得。李光地說：「以白爲賁則敦本尚實，以剛文柔則是文窮返質，賁之道在無色、華靡之習不足累之，何咎之有？」賁不色文采，也就是論語所說「繪白」。素色是雜事後素，是由質而文的現象。此時就明止之道來說：剛柔相當，自明明德而止於至善，不賁而賁，不修飾卻已經修飾了。這是到了明止如一，氣質俱化、渾然天理、不著一絲人慾的境界了。這是剛柔渾成的明止功夫啊！

賁卦義疏

賁卦全講文飾的道理，下三爻屬離體、離爲文明，所以是文勝質，初九剛毅賢明、賁其趾，一心一意美化自己的言行，潔身自好，六二賁其須、文柔容止可觀。九三被修飾得光澤柔潤，並強調永貞之吉。上三爻屬艮體、艮爲止，主於篤實，是又文勝反歸於質，所以尚素。六四皤如文飾初九、六五賁於丘園，束帛戔戔，恬淡自如。上九剛柔相當明止合一，氣質俱化，渾然天理，無一絲毫人欲。反璞歸眞。所謂：「文勝質則史，質勝文則野，文質彬彬，然後君子。」

以明止之道的觀點言：

初九：賁其趾，舍車而徒。—乃剛而守正之賁。

六二：賁其須。—柔而借剛，虛心求教。

九三：賁如濡如，永貞吉。—剛而用明，得正不變其守。

六四：賁如皤如，白馬翰如，匪寇婚媾。—柔而求明，不明而急求其明，不恥下問。

六五：賁於丘園。—孤寂靜守，柔而自得。

上九：白賁无咎。—剛柔混合、渾成俱化、明止相貴。

賁卦這番道理，是以明止相需，止明爲貴。止明非空空無爲全不用明。而是明于內不明于外，止于明不止于不明。明在止中不輕用明，神明內守虛靈不昧，一切外物不得而移之，這裡的止，是止於至善。明於止而止其所，止其明而明不昧，明之止之隨時而用。所謂潛修密煉之功，就在這裡了！

剝 ䷖ 艮上坤下 山地剝

【釋卦名】

剝字从刀彔，亦从彔聲，彔本作「刻木彔彔」解、是形容用刀刻割使物削小的意思。所以它的本義作「裂」，說文段玉裁注說：是使之破裂。另在老學庵筆記中：「漢隸歲久、風雨剝蝕，故其字無復鋒鋩。」有物體逐漸損壞義，不論裂或割，都是改變原有型態的一種過程。在書經泰誓篇：「剝喪元良」是傷害義：在禮記檀弓篇：「喪不剝奠也與」甚至有露出裸露義，凡此種種解釋都是引申或假借義。

卦辭

剝，不利有攸往。

【語譯】

剝卦顯示孤陽不敵群陰，是不利於往前。

【釋卦辭】

卦體一陽在上，五陰在下，陽被架空，孤單難鳴之象。上卦艮有止的意思，下卦坤有順的意思。也就是陰順生而陽不再增長，也就是五個陰爻去消蝕一個陽爻，顯示陽氣將盡、陰氣將純，是一種愈來將愈壞的情況，所以說它是剝。同樣的道理：人秉天地陰陽五行之氣而生身，生身之初性命寓於一身之中，先天後天合而為一，邪正未判，一切都是圓滿之象，曾幾何時，人的先天陽氣極盛，陰氣暗地裡滋生，日復一日，年復一年，陰氣日盛而陽氣殘弱，就像剝卦中五陰剝一陽之象。當此之時，陽弱不勝陰，若仍不知保陽退陰，還以為自己很強，只知進而不知退，終將至陽氣耗盡，是非常不利的。就一般環境而言：就如「虎落平陽被犬欺」；或是「猛虎難敵猴拳」都是形容孤陽不勝眾陰，也就是剝卦所描述的現象。

大象傳

山附於地，剝。上以厚下安宅。

【語譯】

山附於地，有剝落的象徵；爲人君上者，有見於此，當寬厚待下，如厚植基礎使宅基安定不移。

【釋大象傳】

剝卦的大象辭所描繪出來的是一種高危孤立的情境，如卵石矗立山顚一般。剝爲剝去的意思，上艮山，下坤地，是山附於地，山本來就非常高聳，而地則位處低下，有一種高則太高，而低則不足以承載、隨時隨地都可能剝落的現象。在上的君長有見於此，知道山之所以不附著於地，乃是因爲不著實的緣故，因此上位者若不厚植基礎，則無法安居上位，因此削上而厚待下民使天下之人皆得其所，乃是當務之急。所謂：「民爲邦本，本固邦寧」就是這個道理。有智之士，不自恃才高，當剝去有餘之才智，服務於黎民昌生，如此稟眞才實學、謙恭的態度，則高才是是眞高、實才是眞實，化假爲眞，止於至善之地而不遷；安居其宅，不爲客氣所傷；仁是人之安宅，剝上厚下、顚倒之間，剝就變成復，復就能依於仁，生機回轉、性命有賴、厚下安宅、天機全靈。

爻辭

初六：剝床以足，蔑貞凶。

【語譯】

剝卦的初爻：有剝床及足的象徵，由於不能嚴守正道的緣故，所以有凶災。

【釋爻辭】

「剝」（☶☷）有床象，「，取物喻事。床又是人類以安居休息的家具，床毀人不得安居，與大象「厚下安宅」同義；而坤也有寬厚載物的德性，而初爻又位居最下爻，所以有床足的比喻，本爻因不當位且其數當剝，反而失去其厚載的作用，致使原本有用變無用，只因爲陰氣自下開始剝消陽氣，其氣雖小卻爲害最大。俗云：勿以惡小而爲之；又云：愼心物於隱微，遏意惡於動機。惡雖小當立即制止回復正道，否則將有不可思量的災禍。

六二：剝床以辨，蔑貞凶。

【語譯】

剝卦的第二爻：有剝床及於床板的象徵；由於不能嚴守正道的緣故，所以有凶災。

【釋爻辭】

「辨」是牑，就是床板，比床足又進一步，二應五，兩爻都柔相敵不應不合，自身也不能獨立存在，於是就求陽上進而逼迫上九了。初六，六二兩爻都是無應無比，陰柔不肯固守本位，從而形成陰長陽消的形勢，將上於床而與陽爭權，所以說不知守節守正，就要面臨災害了。

六三：剝之，無咎。

【語譯】

剝卦的第三爻：雖然處於剝害的環境之中，但得朋友之助，仍可以無災咎。

【釋爻辭】

這是卦中唯一相應的爻，六三爻陰居陽位，照理仍然不能免於被剝害，卻因爲有上九和它對應給予協助，以補其缺點，所以可以無災咎。就像雖然居處危邦亂世，不同流合污，不順陰而順陽，而獨能得友幫助，原應被剝，卻能倖免於被迫害。

六四：剝床以膚，凶。

【語譯】

剝卦的第四爻：床被剝害已危害到床上之人是切膚的災害，凶害已到了極點呀！

【釋爻辭】

六四與上九無應無比，與初六，六二性質相同，因而也有上進剝陽之勢，不只是說剝床的災害，而是說床被剝害，已喪失其功能，載人則傷人，載物則敗物的地步了。換言之已有切身的災害。如國家之中，臣將弑君，子將弑父一般危險的境地。

六五：貫魚以宮人寵，无不利。

【語譯】

剝卦的第五爻：象徵六五處於尊位，領導群陰、象魚貫然相接齊與上九之陽親和，君子如能寵愛宮人的態度去寵愛他們，則坤順陽健之德，自然不受剝害而無不利。

【釋爻辭】

「以」是率，「宮人」是后妃嬪妾的總稱，六一至六五皆陰爻依次排列，成串像貫魚一般，魚與宮人都是比喻陰的意思，爲什麼剝毀之時，六五與上九如此親密？六五近上九之陽爻，其德與以下各陰爻不同，能附於陽，反制群陰不使群陰近逼，乃因眞陰。眞陰的現象，不但不傷眞，反而能統領群陰以保護眞陽皆順於眞陽，以物來比喻：如一魚在前引導群魚貫接於後，以人來比喻如王后率眾宮人進寵於君王。有智之士，當借眞陰以保眞陽，能一眞百眞，剝者不剝，如此轉危爲安，自無不利。

上九：碩果不食，君子得輿，小人剝廬。

【語譯】 剝卦的最上爻：上九象徵保有碩大的果實不食，在君子而言，以德惠民受民擁載，如得車乘擁載一般；在小人而言，順其所欲受民唾棄，如剝失廬房一般不得庇護。

【釋爻辭】 在剝卦而言，諸陽剝去，尚留最後一陽還未被剝盡，有智之士，保護這個僅存的大果實不吃，象徵果中有仁以護這個仁，因爲仁爲生生化化的根本，好好的保護它，非但群陰不能傷它；而且能借陰來成全此陽，就如得車乘一般，安全的行走下去。至於小人順其欲望知進而不知退，當陽被剝盡失掉了此一生機，就如失掉了可以賴以庇護的廬房，無處安身立命，一念之間，天壤之別，能不愼乎？

剝卦義疏

剝卦所象徵的剝象，以六個不同的階段來表示人事物被陰氣剝消的生機變化。

初六：剝床以足，蔑貞凶。—此乃陰氣方進之剝。

六二：剝床以辨，蔑貞凶。—此乃陰氣漸盛之剝。

六三：剝之无咎。—此乃陰氣順止之剝。

六四：剝床以膚，凶。—此乃陰氣用事之剝。

六五：貫魚以宮人寵，无不利。—此乃陰氣順陽無剝也。

上九：碩果不食。君子得輿；小人剝廬。—此乃聖功能止其剝也。

這個剝消的變化過程，只是依著一個簡單的原則在運作。其實人常常會處於一種被剝的環境之中，若能得友助，或順正道，或堅守正道，仍能處剝而不被剝，假設在剝的過程中，剝的因子不從外在設防，從內心漸生，不能以戒愼恐懼之心來制止它，那麼它就會由小而漸，慢慢壯大，終至陰氣用事陽氣殆盡，君子有見於此能不有所警惕嗎？六爻之中也只有三六、五六、上九因能守正、順正、保正而倖免於剝。有道之士能不保此陽氣順而止剝？保此一線生機，讓剝的時刻快快過去，待復的時機來臨時，天地又是一片生意盎然了。

心得記要

復 ䷗ 坤上震下 地雷復

【釋卦名】

復字甲骨文㚆爲复字重文，从亞从夊，亞象徵已盛食物之具，又象足形，有往返奔走以求食之意。故古以复通復。金文復約有數形，此所引者林義光氏以爲「从子象人形，下象其足，从彳，畗省聲。」小篆復：从彳，复聲，本義作「往而仍來」解，說文段注：「乃去而復返之意」故彳。又从复从父，畗省聲，本作「行故道」解。往而仍來，則有行故道之意，复復古今字，復爲复之累增字，故从复聲。所以一切失去而再重新得到也叫復。

卦辭

復，亨。出入无疾、朋友无咎、反復其道、七日來復，利有攸往。

【語譯】 復卦是亨通的，陽氣出入反復是漸進不急迫的，由於正陽這個朋友的來到，所以說將沒有什麼災咎、陰陽反復依其一定變化的道理，需經七日的變化才回復到復卦，由此復卦一陽將漸復至六陽純全是亨通而無往不利的。

【釋卦辭】

卦體一陽爻在下五陰爻在上，陽氣初復的現象，因陽氣得坤卦的順德，使陽氣得以上行；震卦剛強之德，順勢得以向外運行，欲其不動不往都不可能，所以說可通達遠近沒有阻礙，然陽氣剛生，五陰在外，陽氣外運是漸近、緩慢的。因此陽朋的來到一切可以無災咎，陰陽反復乃陽極陰生、陰極陽生有其一定變化之原則可循。故知爻數六位、需經七日之變而後乃能回復到復卦之象，一旦回到復卦，由初陽而後增至六陽純全，勢所必然、無可阻擋，故是利於前往的。

就人而言：人處於陰陽交變之中，須知來復之時，時未至不可強求，時至不可錯過，陰極而陽生，陽中有陰。朋是二月相合，一為陰一為陽，陰不極、陽不生，而朋不來，朋不來則陰陽不交，生氣無從而有，朋來生氣才發，七日是陽火之數，是代表人的性情和氣，人的客氣燥性是陰火，眞火全生，假火傷生，反復之道，就是返此假火歸於眞火，七日而陽火生、陰火滅，虛極靜篤，黑中有白，失天之氣，從虛無中現象，漸採漸煉，眞陽返而可以無咎。

大象傳

雷在地中，復。先王以至日閉關，商旅不行，后不省方。

【語譯】

雷在地中是復卦的象徵，先王在冬至那天關閉關口，使民休息，商人旅客不外出做生意，君王也不朝群臣，不省察四方的事務。

【釋大象傳】

復卦的大象辭是描述一種陽氣初復的種種景象。當卦氣由剝卦變成坤卦，陽氣消滅殆盡時，一切乃純陰之象，當陰氣極盛陽氣亦開始滋生，便是復卦的景象。復卦、上是坤順，下是雷震，也就是雷在地中的象徵。雷是至陽的，陽動於地中，表示天地之生機已回轉，萬物將自地中長出。所以聖明之君主有見於此，知天地之陽氣已回轉，萬物復甦之際，人的陽氣（生機）已生，雖然陽氣返回了，但仍然十分薄弱，不可過度虛耗，宜配合天時以涵養此初生之陽氣，所以每年冬至陽氣初生之時關閉所有關口，使民休養生息。令商旅不得遠行做生意，是希望不要只顧外在之商務，而虧損了本自內在純眞的本性。君主也不見朝臣，不省察四方事務，乃是使自己不要只顧責怪別人，而忽略了本身之修身養性。凡以種種措施，不外要求謹愼嚴密，使邪念不生，使眞陽不漏，先聖先王如此用心，無非叫人效法天地的復，保養這一點生機，不得稍有損傷，何謂生機？機即是人本來秉受天良的心，是生物之祖，陰陽之宗。一落後天，被氣質所蔽，不能常現，間或一現，便是陰中返陽之時，這一陽來復時，爲生死關口，得之則入於生路、失之則歸於死路，閉關是閉其死户，死户閉而生門開，天借人力，人借天力，天人合發，不須等三年九載之功，人多不求眞師口訣，常常當面錯過。

爻辭

初九：不遠復，无祇悔，元吉。

【語譯】

復卦的初爻：有失之不遠，即可立即回從正道的象徵，故不致有悔恨的事，所以是大吉大利的。

【釋爻辭】

「祇」是至的意思。「元吉」乃吉之至也。復卦之初九爻爲全卦生機之所託，全體大用之始；雖在下位，卻爲主爻，得此正陽之氣，雖偶有客氣（陰氣）潛入即可退之，至容且易，所以說不遠復，因不遠復而人心不生，道心常存，自然無悔恨之事，這是大吉大利之爻。

六二：休復，吉。

【語譯】

復卦的第二爻：心已歸於正道，而尚未有所行動的象徵，它是吉利的。

【釋爻辭】

「休」即息也，有寬舒安息未動的意思，六二陰爻居內卦正位，又近初九，陰樂於近陽，心有所思慕而未見於形，意念思有所爲而身仍未動，所以說休復，雖未動而崇尚善道之情卻是殷切的，所以有助於復，是吉利的。一陽來復而漸長，六二居初九之上，退而休生養息，一復，陰退而陽長，正是扶陽滅陰之功。

六三：頻復厲，无咎。

【語譯】

復卦的第三爻：雖然屢次復於正道，皆受各種艱難險阻，但它還是沒有災咎的。

【釋爻辭】

「厲」有遲疑不安，頗多險阻的狀況。六三爻陰居陽位，雖得初九之助且向陽之志頗爲般切，雖屢復而屢敗，而愈奮勵圖強，雖力有未逮，前途多艱，然一心向善，人一己十，人十己百，雖愚必明，雖柔必強，始而有咎，終亦可以無災咎。

六四：中行獨復。

【語譯】

復卦的第四爻：有處於群小之中，非但不爲群小所惑，反而有獨自回復善道的象徵。

【釋爻辭】

六四爻之上下各有二陰爻，雖居於眾陰之中，卻不與四陰爻比，而獨嚮往趨志於乾（即初九之陽），在眾陰之中確爲出類拔萃之爻。

六五：敦復，无悔。

【語譯】

復卦的第五爻：象徵以敦厚的胸懷來保育初復的善道，它是沒有悔恨的。

【釋爻辭】

「敦」土也，厚也。六五以柔爻居於尊位，不能無咎，卻志於下之初爻（陽爻），下爲震，動於地，得上卦坤地以保育它，坤卦之卦德是敦厚篤實的，此陰以育陽，就如母之育子，何悔之有。

上六：迷復凶，有災眚，用行師，終有大敗，以其國君凶。至於十年，不克征。

【語譯】

復卦的最上爻：有迷失於求復的象徵是凶的，對內而言，有災害發生；對外而言，用以行兵作戰，終必大敗。對國君而言是有凶害的，雖歷經十年生聚教訓，仍無國力可以征討。

【釋爻辭】

「災」是天災，由形勢來決定，「眚」是人禍，是由自己迷惘無知得來的，上六爻是迷惘不知初九的一陽來復，又不了解形勢變化仍以陰柔用事，於是柔盡變剛，而不復育陽；柔貪變剛，而不再助剛，原處於相輔相成之地位，反成爲交相戕害之地位，此與前五爻之吉凶不同，所以說是迷。如此迷而不悟，外而爭勝好強，內而心神大傷如用於行師終必大敗，且禍及於國君，雖十年之休養生息，仍無國力可以征戰。這都是因爲與復道相違背，克己之心不能持之以恆的緣故。

復卦義疏

復卦中的各爻以六個不同的時態來表示多樣變化的情況：

初九：不遠復、無祇悔、元吉。—此是指在復之之初，能謹於始，元陽不失之復。

六二：休復吉。—這是指柔順得正，見賢思齊，借別人的明智破己的昏昧，柔而借剛之復。

六三：頻復厲。無咎。—這是指困而學勉強而行之復。

六四：中行獨復。——這是學而知利而行之復。

六五：敦復無悔。——這是生而知安而行之復。

上六：迷復凶。有災眚，用行師，終有大敗，以其國君凶。至於十年，不克征。——這是指始終不知有復的情形。

然以易卦而言：以剝復二卦交替之間最爲重要，其次爲夬姤，剝復爲陰消陽息；夬姤則爲陽消陰息，一陰一陽，一消一息，乃是易卦變動的樞紐，全易六十四卦沒有不是由此陰陽消息推衍而來的，易教又特別注重陽，故復指的是陽之復，不然姤卦也是復，一爲陽返，一爲陰返，而復姤卻不同名，乃重陽的緣故。又復自坤出，而坤又自剝出，乃爲必然，剝卦上艮下坤，艮爲止，坤爲靜，不止則不能靜，不靜則氣不復生，此靜極而動。坤靜震動是復卦的象徵，靜之動，外面看不見、內動也此動乃是生生化化之根本，有時我們在靜極之中，自覺元氣衝動，生機忽來，這就是正復的現象，必在能止能靜之後才能發生，所以復自坤出，而不是靜有所動，而是靜極之後而內自動，外靜內動，雖動仍靜，能保陽之故。若動而不靜，則陰氣又生，就不是眞復，這點必需特別注意。復卦雖然一陽在下，五陰在上，然陰盛極當衰降而自貶不與陽爭，陽乃得時而取代之，故雖一陽在下卻有駸駸日上之勢，而能漸復於初，初指乾元，一陽既始，五陰漸退，則將返于乾，所以稱復。復之生機雖小，造化卻最大，其他五陰一陽之卦，如謙豫比師等卦，其陽都不能歸于乾。也唯有復卦之一陽在下少陰無法阻擋它，而能返于乾的一天，故復不但是亨通的，且名符其實的自陰中生一陽來復，且將復至六陽純全，即復于乾陽元初本來面目。

心得記要

无妄 ䷘ 乾上雷下 天雷无妄

【釋卦名】

金文、尚書、孟子裡的「亡」和「妄」字義相近，都是過度的意思。孟子說：「從欲無厭謂之荒，樂酒無度謂之亡。」（梁惠王下）。過度就亂，不過度就不亂。所以「說文」的妄字作「亂」字解釋，就是行不正的意思，也可以解釋爲「虛假」的意思。卦名「无妄」，就是無詐僞虛假，誠一不二的意思。

卦辭

无妄，元亨，利貞，其匪正有眚，不利有攸往。

【語譯】

無妄之象，有元始亨通的象徵，利於貞正自守，若不正就有災眚，不利有所前往。無妄之象，是人諸善之元，可以凡事亨通順利，但必須操守純正，才是眞正的无妄。如果不由正道，則有災害，凡是想要去往的，都屬不利。

【釋卦辭】

无妄上卦爲天，下卦爲雷，卦德是上乾健，下震動。這是勇猛進陽的卦。通常人都是因爲順著個人的慾望生活，以陰剝陽，以致於日復一日，德性消磨殆盡。如果能秉持一念純眞，沒有間斷，以性命爲大事，時時進陽，那麼外物不能傷，人便可以達到眞實的无妄，到達渾然天理的境界。无妄下卦爲雷，這是動在內，代表志於道則生機振，元氣即復。上卦爲乾，是健在外，隱喻若能確實執行，就可以修煉到天德的境地。元氣能復又能通，就是元亨。雖然元亨，還需要動之正，健之正，使道心常存，人心滅除，不爲外物所移，恢復生我之前的本來面目。如果動失時，健不當，那本來想修无妄，反而變成有妄，這就是不正而有災害，不利於所往。「无妄」行之不正，就是人心用事，順其所欲而行，如何能完成大道？所以說无妄是本來就俱備元亨之道，但還要配合正道，才是眞實的无妄。

大象傳

天下雷行，物與无妄，先王以茂對時，育萬物。

【語譯】

象辭說：天之下有動雷，陽氣普遍萬物都不妄作，先王觀察此種現象，順應時機，使萬物繁茂生長，化育萬物。

【釋大象傳】

无妄卦的大象辭是指引修道人效法先王茂時對物，以正己正物，達到眞實的无妄，和合四象，歸於天理。无妄的卦象爲天在上，雷在下，雷順天時而動，天下萬物也因此而各安其性命。雷不會亂動，所以萬物也不會亂。先王知道上天是各按其時來生育萬物，依照這個道理，修道人的修道火侯要爻銖不差，進退緩急得法，才能使五行攢簇，四象和合，這就好像適應天時來蘊育萬物，那麼每一事物都含著眞理，達到无妄。

爻辭

初九：无妄，往吉。

【語譯】

无妄的初爻，剛而得正，起念正則行爲正，能无妄於內，自然就能无妄於外。存此正道而修道，沒有不吉利的。

【釋爻辭】

初九爻，剛居陽位又應九四陽剛，純陽不雜，它可以按天道規律去行事，達到實而不妄，唯其无妄，才能無往而不利。六爻之中初九最能體現卦義——「剛自外來而爲主於內」，是主爻。

六二：不耕穫，不菑畬。則利有攸往。

【語譯】

第二爻屬柔爻，象徵宜靜不宜動。好比不耕種，不開墾。如此不敢有所作爲，自然可以無妄。

【釋爻辭】

「菑」是開墾後一年的田，已經不生草；「畬」是開墾後二年的田，地質已漸柔和；開墾後第二年的田，已經是能夠收穫的熟田了，叫做「新田」。第二爻柔順中正，因應天時，順應天理，個人沒有奓侈的慾望，悠然自得，聽其自然而不強求，就是无妄。如果才德不足，不安其位，勉強行事，就是「妄」

六三：无妄之災，或繫之牛，行人之得。邑人之災。

【語譯】

六三爻，無妄之災，好像有人將牛繫在一個地方，路過的行人偷盜牽走，而當地人卻因而受嫌疑，便是无妄。

【釋爻辭】

六三不中不正，又處在下卦震動之極位，以虛妄無實的才質去強行天道規律，則天命不祐，招致災眚，處無妄之時而得災，好比說村中的人，把牛拴在外邊，比擬「六三」的動，不料韁繩斷了，牛脫走被路過的行人得到而牽走，牛丟失了，是禍從天降，無法意料。所以无妄不見得有好結果。

九四：可貞，无咎。

【語譯】

第四爻剛居柔位，守正而不生妄念，可以沒有災咎。

【釋爻辭】

剛爻居於第四爻的柔位，代表務實不虛，表示人心自開始就剛實無妄，是上卦「乾」的一部份，因爲剛健無私，能夠固守无妄的正道，所以無咎。

九五：无妄之疾，勿藥有喜。

【語譯】

第五爻比喻不明病源的無妄之病，不可輕率用藥，只需憑自身毫無虛妄之體，一樣可以祛除病源而有康復之喜。

【釋爻辭】

第五爻剛實中正又與下卦中正的六二相應，毫無虛妄之象。從心所欲不逾距，聖胎已結，如逢有无妄之疾，憑自身无妄之象，自然可以化後天之餘陰，返復先天。就好像人遭到不明病源的症狀，不需用藥，只要憑藉本身健全體質的抵抗力，自然可以驅除病源，恢復健康。

上九：无妄，行，有眚，无攸利。

【語譯】

上九的无妄，如貿然行動，會招災而無利。

【釋爻辭】

上九到了無妄的終極，已健而又用健，是只知進而不知退，這是不知止，如果強以行事，必招致災害。无妄之道總以得其中正爲利，若不中正，動而健行，都失去法則，不能得福，反招災咎。

无妄卦義疏

整個無妄卦是說明勇猛精進進陽之卦，行動的時機各有不同：

初九：无妄往吉。——這是能謹於初的无妄。

六二：不耕穫，不菑畬。——這是以柔順剛的无妄。

六三：无妄之災。——這是順其所欲的无妄。

九四：可貞无咎。——這是剛而能柔的无妄。

九五：无妄之疾。——這是剛柔混合的无妄。

上九：无妄行有眚。——這是不知止足的无妄。

象辭說：天之下有動雷，陽氣普遍，萬物都不妄作。先王觀察此種現象，順應時機，使萬物繁茂生長，化育萬物。无妄卦便是以天地生物之現象，衍申自然无妄的眞實道理。本卦的初爻（往吉）、二爻（利有攸往），是對眞理的探求。三爻的「或繫之牛」，四爻的「可貞」，五爻的「勿喜」，是對眞理的信守，即或偶而遭到無尤的傷害，也不應對眞理有所懷疑。上爻的「行有眚」，則爲審愼時度，以避免可能的无妄之災。本卦依據各爻的剛柔才質，論述了如何按照天道規律去行事，天道規律是無妄的，唯有眞實无妄，按天道規律去行事，才能無往不利。繫辭傳說：「君子之道鮮。」知「道」者很稀少，而行「道」就更加困難了！

心得記要

大畜 ䷙ 艮上乾下　山天大畜

【釋卦名】

畜，積也。前面小畜卦已知蓄爲積的意思。大小分大小、是因爲吉利亨通有程度上的差別。大小畜卦，下體都是乾，但因上卦有艮與巽的不同，而分出大小。小畜是亨、吉；大畜則爲元吉、大正，並以「天之衢」來形容大行其道的亨通順利。

卦辭

大畜，利貞，不家食吉，利涉大川。

【語譯】

大畜卦，利於貞正自守，以保其多。又有不

在家裡自己耕種糧食，而去做官接受俸祿的象徵。雖有大川險難，也利於勇往直前。

【釋卦辭】

大畜是大養的意思。大畜的卦德是天在山中，天如何藏在山中呢？這是說山能興雲作雨，涵蓋有天地造化之機能。君子體會這種理象，所以多加辨識研究古今人物的言行，藉以作爲參證來涵蓄本身的德性，這跟山育涵生機是一樣的。所以說大畜是以蓄德爲主。

彖傳論述大畜的卦義，具體分爲兩層：一是指君主國家的人才積畜，二是就個人修爲的才德積蓄。行於一國可以使一國得治，行於一人可以使一人爲聖賢。

說卦傳又說：「乾，健也……艮，止也。」大畜卦，乾下艮上，是可以遏止過度之健的象徵。修道，利於止健而不利於用健，所以說「利貞」，貞是靜的意思，也就是止健養健的意思。養健宜靜不宜動，靜可以保健，動就會傷健，但是靜或止的意思不是要人們離塵絕世，空寂無爲，而是要內外兼修，就是要內運眞火，外爐加減，止於內又要止於外。所以說：「不家食吉」。意思就是不單靠一家之功夫，而要內外功夫兼備，才能畜大德而致吉。大德已蓄，則雖遭逢大險大難，也不會被動搖。這便是「利涉大川」的功夫，也是養德於內，而能接受考驗於外的眞功夫了。

大象傳

天在山中，大畜。君子以多識前言往行，以蓄其德。

【語譯】

象辭上說：天包藏在山中，是大有蓄積的象徵。君子應當效法這一精神，擴大自己的知識領域，多體認前賢的言論與以往的行爲，使自己的道德學問大有含藏。

【釋大象傳】

大畜卦，是天在山中。天大山小，外小而內大。此卦象君子明白人之所以不能增益德業，是因爲自恃才智，自高自大。如果人們能多看看前人之言，往古之行，能博學而篤志，切問而近思，則晤對聖賢，所言所行皆前人、往古之言行，如此言行就無虧，德業日蓄日大，方可盡性主命，性命俱了與天同長久，與山同堅固。

爻辭 初九：有厲，利已。

【語譯】初九爻：事有危險，停頓下來有益無害。

【釋爻辭】

「已」是遏止的意思，誠如莊子所說：「水之積也不厚，則負大舟也無力：風之積也不厚，則其負大翼也無力。」不積而用，不但成不了大事，且容易犯錯。大畜卦象以艮能止健，蓄聚爲主。但初九陽剛太健，在休養生息蓄德之際，若躁切急進，則有危厲，宜加以遏止這種衝動。

子夏易傳說：「居而待命則利，往而達上則厲。」所以大畜卦的初爻是說不宜冒險躁進，以免自犯災害。

九二：輿說輹。

【語譯】

九二爻：脫去繫縛車軸與車身的革繩，使車停下來。

【釋爻辭】

二爲柔位，但剛居柔位，爲太過太猛之象，過健，當止而不止，便像輹脫離車輿，使車停止而不能前進。

「說」同「脫」，脫落的意思。輹，音ㄈㄨˋ，是卡住車軸的曲木。車子本是運轉行走之物，這第二爻亦爲剛，比喻九二與初九相同，也想急于上進發揮作用。修道人凡事要適合中道，不宜過健，否則如輹脫落而使車子停止不能前進，便有傷元氣了！

九三：良馬逐，利艱貞。日閑輿衛，利有攸往。

【語譯】

九三爻：仕途就象良馬競逐，只有利於那些艱苦操練與衛的士卒，每日苦練，才能無往而不利。

【釋爻辭】

「閑」，爲「習」之意。古代戰車，三人在車上，步卒七十二人在車下，是車輿之護衛，三人爲一輿，也稱作「一乘」。一輿加上一衛，構成一個作戰的攻守集體單位。說卦傳曰：「乾爲良馬」，又說：「乾爲金」，象徵金革兵器，故日日熟練兵器戰車，以利於所往而建立功勳。大畜卦之第二爻爲陽爻，三陽成群，已成乾卦，所以有良馬，有兵革之意。又因第三爻與上九相應，同爲陽爻，象徵同體合志，但仍知艱難而持以貞固，不敢輕舉妄動，猶如軍隊日日操練，以利建立功勳。

大畜的第三爻，乾卦已成，雖聖胎完成，好比良馬逐而欲行，但仍有一身陰氣未除，全在艱辛守貞，一意不散。如日事操演兵隊戰車，戰戰兢兢，時時防備。一旦功成，則利有攸往。此爻是養健防危之意。

六四：童牛之牿，元吉。

【語譯】

大畜的第四爻，有童稚之象，剛開始產生的氣勢，容易過制，就好像在小牛犢的角上綁上橫木，使牠不能觸人，其象大吉。

【釋爻辭】

第四爻爲柔，居於上卦的一位。說卦傳說：「艮，止也。」所以上卦艮有過止下卦純陽過剛之象。因爲第四爻與初爻相應，柔以克剛，又因居於上卦之首位，始發的氣勢，容易過制下卦過剛之勢，這有如在小牛犢的角繫上橫木，使牠不能觸人，可以逐漸改變牛的習性。這是借馴牛之事來比喻六四蓄養初九，使他牛能安份守己，得其所養，不向前冒衝。這便叫作「牿」。故有可喜的元吉之象。

六五：豶豕之牙，吉。

【語譯】

六五爻：被閹割的豬有牙不再傷人，止惡的有效方法是釜底抽薪，吉利。

【釋爻辭】

第五爻與第二爻相應。六五對應九二，以柔克剛。二九猶如剛暴的公豬，去掉生殖器，則氣質俱化，虛心而實其腹。如豶豕之牙，去勢後性柔，而牙剛。以柔養剛，剛得柔養，無傷，所以說「吉」。

豕去勢叫做豶（ㄈㄣ）。去勢之豕性柔，而牙剛強，以柔養剛，剛得柔養而無傷。有吉象。

上九：何天之衢，亨，道大行也。

【語譯】

上九爻：學有所成，正如背負青天鵬程萬里，前途暢通無阻。

【釋爻辭】

說卦傳：「艮為徑路。」古時稱皇城中之大道為天衢。所以說上卦艮好像天衢的意思。上九在大畜的終位，象徵蓄聚充滿，功行完滿，有如天衢之亨通，無所不達。引作人身，始脱胎成眞，身外有身。超乎天地之外，成己亦成物。

何是負荷的意思，衢是四通八達。大畜到了上九，經過六爻的蓄積過程，可以大有作爲的時候了。

大畜卦義疏

大畜卦用不同的時態表示它的吉凶：

初九：有厲，利已。——指養健之初，不犯災。

九二：輿説輹。——指養健得中，不傷元氣。

九三：日閑輿衛。——指養健防危上合志。

六四：童牛之牿。——指養健而堅固元氣。

六五：豶豕之牙。——指養健而混合陰陽。

上九：何天之衢。——指養健而歸於神化。

本卦以天在山中，比喻所積蓄之大。蓄是以蓄德爲主。而九三「良馬」，六四「童牛」以柔六五「豶豕」。都是家畜，是爲人所蓄養的意思。那要怎樣蓄德呢？便是要多看前人之言行來鑑古衡今，使德業日有進步，這才是大畜的眞義。

大畜卦體，上下都是陽爻，具有剛健，篤實，光明的理象。最重要的，大畜在於有健而能止。以止養健，既健又止，始則有爲終則無爲，健而止於至善無惡，渾然太極，一氣流行，有無俱不立，物我都歸空，性命雙修之道盡全。

頤 ䷚ 艮上震下 山雷頤

【釋卦名】

頤，从頁，𦣝聲。它的初文是𦣝，象人的頤頰，就是俗稱的下巴。動到下巴的事有說話、飲食，所以大象傳有愼言語，節飲食的說法。我們從震下（動）艮上（不動）的卦象，也可知它和口有關，而引申爲「養」的意思。鄭玄注禮記曲禮上「百年日期頤」說：「飲食、居處皆待於養也。」本卦講養口的道理，包括了養生（飲食）和養德（言語）兩部份，所謂頤情養性是也。象傳標舉了卦辭的要義說：「觀頤，觀其所養也。自求口實，觀其自養也。」象像更闡明人天的大養說：「天地養萬物，聖人養賢以及萬民。」

卦辭

頤，貞吉。觀頤，自求口實。

【語譯】

頤卦象徵貞正吉祥。觀察頤養之道，是觀其養身美德之道到底正或不正。

【釋卦辭】

頤卦的形狀是張開的口，上下牙齒相對，食物由口進入體內，供給營養，所以有養的含義。將這一卦上下分開來看，上卦是「艮」是止，下卦「震」是動，吃東西時，上顎大半不動，下顎在動；我們觀察一個人的素養，可以從他的口腹是裝塡什麼東西，用什麼養活自己，就可以了解。頤解釋作養生，養生有正道，循正道去養生，不僅身體四肢得其養，德性也得其養。這裡不說「求口食」而說「求口實」；不說「求口實」而說「自求口實」，是由於所求在「正」，在「大」，不在膏粱厚味，而在仁義道德。一切飢渴，耳目官能的欲求，爲害身心最大，所謂養其小體而失其大體，大體之養是所謂飽仁義而味道德，總在自求，而不由人，一日克己復禮，天下歸仁。口是虛中之物，實是充實，若能虛其心，實其腹，虛實相應，動靜則時，動而進陽，靜而運陰，動以修外，靜以修內，動亦養，止亦養，動靜不拘，內外合道，終能不失其正而完成大道。

大象傳

山下有雷，頤。君子以愼言語，節飲食。

【語譯】

頤卦是象徵山下有雷之義，君子用以謹愼言語，節制飲食。

【釋大象傳】

頤卦本來是腮頤，取頤養之義。卦象上艮山，下震雷是山下有雷之象。山的本質是靜止的，雷的本質是動態的，以靜養動，動本於靜。就像口上靜下動，靜以待動，這是頤養之象。君子有見於此，知道口是出納之官，是非之門，禍福之根，因而謹愼言語，節制飲食。言語，是心之聲，言語一正心就正，言語一邪心就邪，一言一語之間，必有益於世道人心而後出，不敢妄發言論，言語必定謹愼。

飲食，是身所貴，飲食得當則有益於身體，飲食不當則有傷於身體，一飲一食之間，必定要考察它來由可否而後飲用，不敢過貪，飲食必然節制。謹愼言語，則心得有所養，節制飲食，則身得有所養，身心俱得其養，內外不傷，性命可修，所謂「食其時，百骸理，動其機，萬化安」，就是這個道理。

爻辭

初九：舍爾靈龜，觀我朶頤，凶。

【語譯】

頤卦的初爻：舍棄了貴重的養生正道，看到上九口中咀嚼食物，就用眼睛死盯住，貪婪饞嘴，遭凶。

【釋爻辭】

「龜」不食而壽（蘇軾）；「朶」是動（鄭玄）；「朶頤」是嚼（王弼）。初九，剛居陽位得正，有養生之正道，卻因貪婪而完全給舍棄掉了，錯不在朶頤，而在「觀」，雖未分其潤，而情已淫，又因爲它是震體的主爻，震在下主動，食欲旺盛，貪於口體之養，決定了它有正道而不能守。剛而妄動，不養於內，求養於外，棄眞認假，不能謹於始之養，凶隨之而至。

六二：顚頤，拂經，于丘頤，征凶。

【語譯】

頤卦的第二爻：象徵顚倒頤養的關係，違背常理，需求太高，前往凶險。

【釋爻辭】

「顚」是「倒」；「拂」是違逆；「經」是常理；「丘」是高地。六二柔居陰位，陰虛無實不能供養自己，便向上九去求口實，這便是顚倒了自我供養的養生之道，也違逆了正常的事理。六二也處在震體下顎，貪於口體之養，求食於上不足，又回頭向初九求食，以致前往凶險。

六三：拂頤，貞凶，十年勿用，无攸利。

【語譯】

頤卦的第三爻：違背了養生的正道，遭凶，十年見棄，沒有任何利益。

【釋爻辭】

六三陰柔無實，又不中不正，處在震體之極，既不能供養自己，求食於上九，違背了常理，由於在極處，不擇手段，不得不厭，供養的目的即或正當，也會凶險，以致在十年漫長的時間裡，得不到供養，沒有任何利益，這是小人順其所欲，祗圖在衣食上打點，不在性命處留心，養其小體，動之極處即是凶險。

六四：顛頤，吉，虎視眈眈，其欲逐逐，无咎。

【語譯】

頤卦的第四爻：反過來往下求供養，如老虎般地注視，而欲望不高尚有餘養，故無咎。

【釋爻辭】

「眈眈」是老虎往下注視；「逐逐」是求而有餘。（朱子本義。）六四陰柔，雖然在上處，處於養人的地位，卻連自己也不能養，只好顛倒向下求養於「初九」。不過「六四」和「六二」不同，「六四」與「初九」都得正，且相應，以柔順正位的「六四」，就養於剛正得位的「初九」反而是理所當然的，故吉。然而在上柔弱，求養於下剛，有被威脅的可能，因而象徵虎視眈眈，威而不猛，其欲逐逐，眼目專一而心眞切，出於自然，絕無勉強，可以說欲望不高而供養有餘，未取於人先求其己，求實而得實，故能無咎。

六五：拂經，居貞，吉，不可涉大川。

【語譯】

頤卦的第五爻：雖然違逆常理，自養不足，卻因能柔順固守，所以位於眞固之地，但尤不能冒大險，行逆境。

【釋爻辭】

五是至尊之位，柔爻居之則陰柔無實，不僅不能養人甚至需要靠上九的陽實來供養，是違逆了常道。六五與六二都是「拂經」，但六二「征凶」，六五「居貞吉」。六五爲什麼「吉」？區別就在於六五順從上九的供養，而六二不順從上九的供養，而「征」而致凶。因此象傳說：「居貞之吉，順以從上也。」意思說：柔順的依從「上九」，信任對方，坐待成功，就會吉祥，又由於自己沒有力量，不可以冒險行動，所以說不可涉大川。

上九：由頤，厲，吉。利涉大川。

【語譯】

頤卦的上爻：由於此爻，而使其他各爻得其供養，本身必須戰戰兢兢，危厲自處才能得吉，因此也能在危逆艱難之境，亦得其養。

【釋爻辭】

上九以陽實居於上爲一卦的主爻，能自足供養，同時能供養四陰虛，既養己又養人，既養體又養德，是最能得養生之正道的人。不過上九是沒有地位的位置，須要在危厲之處，戒愼恐懼，才會得吉祥。所謂利涉大川是能臨大川至險之地，也能養，逆境能養則順境能養，養至於順逆不拘，險易無礙，則氣質俱化，陰陽混合，可以有終，完成大道。

頤卦義疏

頤卦六爻闡釋了養生之道，觀頤之道即在於觀察各爻其所養的是什麼？六爻之中有能養己的，也有能養人的，所養不盡相同。凡是剛爻能養己又養人，凡是柔爻都不能養己而需由別人供養。此外，象傳和彖傳提出觀察養生之道正與不正有兩樣標準。一是看養人還是養己，二是看能不能節制食欲，即注重養德還是養口體。誠如吳愼所說：「養之爲道，以養人爲公，養己爲私。自養之道，以養德爲大，養體爲小。」震體三爻，養體不養德，都沒有吉辭。

初九：觀我朶頤，「亦不足貴」。

六二：「征凶」，行失類。

六三：十年勿用，道大悖。

震體三爻貪於口實，不經道義。

以上三爻貪於口實，輕道義。

六四：無實能節欲，雖顚頤而得吉。

六五：無實而能順上，雖「拂經」養人得居貞之吉。

上九：既養己又養人，既養體又養德，吉而利涉大川

艮體三爻，注重養德又養人，都吉。

以上六爻吉凶分明，在說明養生必以正，凡得吉則得養生之正道，凡得凶則

養生之道不正，所以雜卦傳說：「頤，養正也」。

卦辭「自求口實」的實學，朱震說：實者，頤中之物也。」鄭玄說：「物，人所食之物皆存焉。觀其求可食之物，則貪廉之情可別也。」實同食，即食物。這就是說：觀察頤卦各爻，看見養人還是養己，進而觀察它用口吃食物的狀況，從吃食物的狀況中即可看出各自的養生之道正不正，凡廉潔寡欲不貪食爲得養生的正道，凡貪得無厭爲養生的不正之道。

大過 ䷛ 兌上巽下 澤風大過

【釋卦名】

說文說：「過，度也」度為渡的假借字，它可以引申為超過此地而渡到彼岸的意思，如果此處是正常，那麼超過就是不正常了。

大是陽，大過也就是陽氣過盛之意。

卦辭

大過。棟橈，利有攸往，亨。

【語譯】

大過卦是陽盛而超過常度，四陽居中任重，本末二爻纖弱，剛過則利有攸往，所以是亨。

【釋卦辭】

「棟」是屋梁上的脊木，「橈」是彎曲，這一卦象一根棟梁，中間堅實，兩端纖弱，不能承受屋頂的重壓，以致中央向下彎曲，象徵人的地位重要，卻不勝重任，也有內剛外柔的形象。這卦陽爻過度，其中的九二，九五在內外卦得中、內巽順、外兌悅。若能易其初上之陰。變以本末之剛。則大過爲乾。而成行健之德，備大始大生之道。所以修道者，若能巽進而不至於過猛，和緩而不至於固執，通權達變，防危慮險，則剛柔相應，陰陽相濟，雖大而能不過，可以利有攸往，盡性至命，亨通而沒有阻礙。

大過卦雖因本末柔弱，但合則陽爻多于陰。善用之，仍可體乾行健之德，推坤行地之功，所以說利有攸往。

因卦重中位，人重中爻，有中而後可推之外。誠于中而後可施于四體，大過因陽得中，而占亨利，君子以之自守不辱。遯世旡悶，獨立旡懼也。天下之大本，不失中，則雖過亦旡害，以能中即可免于過。

卦德上兌悅，下巽入、巽於內而悅於外。順其所欲，樂極生悲。卦體內四陽而外二陰，陽過於陰，故須調和，使能健而能止，止健正所以養健，才能保盡性至命，亨通而沒有阻礙。

大象傳

澤滅木，大過。君子以獨立不懼，遯世無悶。

【語譯】

木舟翻覆沈入澤底，這是一種過越正常的現象。君子見此象，應進取勇爲，扶弱抑強，即使避世，也不至忿悶煩惱。

【釋大象傳】

兑上兑下其象爲澤，巽上巽下其象爲風爲木。大過上兑澤，下巽木。澤性下潤，木性上升。木舟行於澤水之上爲正常現象，今在澤水之下，是舟翻沈入澤底，這是一種過越正常的現象。君子有見於此。知道澤水浸潤太過，能滅其木，人的才智太過，能傷其德，所以效法澤上於木，進取勇爲，扶強抑弱，或效木下於澤。遯藏而无悶，待時而後舉。立大過人之志，成大過人之德焉。脩道君子，以性命爲一大事，俯視一切，萬有皆空。如澤之清，塵緣不染，借世法而脩道法，獨絃絕調，生死不變，立乎萬物之上而不懼，如木之柔，有才不恃。有智不用，被褐懷玉，韜明養晦，不求人知，隱遯深藏而无憂。「不懼」的人萬物難以使他屈服，志氣大過於人，「无悶」的人妄念不生，脩養大過於人。惟其不懼无悶，故能成世間稀有之事，而爲人人之所不能識不能及。

爻辭

初六：藉用白茅，无咎。

【語譯】

大過卦的初爻，以白茅之象潔淨柔和承藉在剛陽之下，此乃性質本柔，又居卑下，柔之太過，謹愼之至，自無過大之咎。

【釋爻辭】

「白茅」是薄潔的茅草，古代在郊外祭祀上帝，掃地而祭，不把祭物直接放在地上，而墊在白茅上面，莊敬虔誠，以示潔淨自持，審愼敬謹，初六一柔在下，上承四剛，處於大過陽剛過盛之時，處事需要十分謹愼，才能無咎，喻不敢先人，傲氣悉化。

九二：枯楊生稊，老夫得其女妻，无不利。

【語譯】

大過卦的第二爻，有如枯萎的楊樹又從根上發出嫩芽，老夫得少女爲妻，沒有不利。

【釋爻辭】

楊是陽氣易感的植物。稊音太ㄧˊ是根。女妻也就是妻女是說九二，初六陰（少女），陽（老夫）相與之和，超過常分。

九二是此卦四個陽爻中最下位者，正當陽剛過度盛大之時，又其在上卦無應，與下面的初六接近，陰陽相吸，故其若能剛而能柔，陽太過而借陰來調和，則能過而不過。有如枯楊又生根發芽，這有老夫得少婦爲妻，還能生育的象徵。不過度剛強，也不單獨行動，所以無所不利。

九三：棟橈，凶。

【語譯】

九三陽剛太過，如棟梁曲折敗傾，這過甚的剛，所以凶。

【釋爻辭】

九三，雖與上六相應，但處於居陽用剛，對陰柔加以排斥，失去了陰柔的輔助，自身又難以獨立存在，外強中乾，屋脊正中的棟梁曲折，斷裂而凶。

九四：棟隆，吉，有它吝。

【語譯】

大過卦第四爻，如棟樑豐大，是吉利的象徵，但有被蛇咬的災咎。

【釋爻辭】

九四爻陽剛居陰位，雖然大過卦陽太過盛大，而九四卻柔剛兼備，就像棟梁高高隆起，能負擔重荷，所以吉祥。不過九四與初六相應，陰柔的初六前來輔助時，就會使本來剛柔均衡的九四，變得過於柔和，以致有被蛇咬的牽連，遭受羞辱。這爻說明：陰陽相合，再不可過於用柔，但也不可被邪惡所牽累，用柔太過，又能傷剛，難成大道又遺笑大方，自取其吝。

九五：枯楊生華，老婦得其士夫，无咎无譽。

【語譯】

大過的第五爻，如枯萎的楊樹開花、老婦得少男爲夫，是無災咎，也無美名。

【釋爻辭】

九五在一連四個陽爻的最上方，位於陽剛盛大過度的極點，在下位又無應，以致與上方的陰爻接近，但「上六」是這一卦的終極，已經衰老，過度陽剛的九五、和已經衰老的「上六」結合，就像枯萎的楊樹開花。

在修德上而言，九五剛於悅而不能柔以悅，陽極陰生，眞爲假傷，這是必然的道理，幸其剛而得中，內有主宰，不爲客氣所惑，得以无咎，既以實腹，不能虛心中道而止，卻亦無譽，此剛而持盈之大過者也。

上六：過涉滅頂，凶，无咎。

【語譯】

大過的第六爻，如過涉深水，以至滅頂，是凶，大錯既已鑄成，指責已無用。

【釋爻辭】

上六已經是此卦的終極，又是陰爻，軟弱無力，卻又極度過分的要積極有所作爲，由於缺乏自知之明，當然凶險，就像渡河不知深淺，盲目強渡，以致滅頂。在修身而言，是不知藥物火候，任心造作，迷而不返，上升的太高，也傷得厲害，如涉小滅頂，自取凶險，與人无咎，此柔而妄想之大過者也。

大過卦義疏

初六，藉用白茅，无咎。——這是小而不妨礙太過的情形。

九二，枯楊生稊，老夫得其女妻，无不利。——這是用柔而不過剛的情形。

九三，棟橈，凶。——這是用剛太過的情形。

九四，棟隆，吉，有它吝。——這是剛而用柔不可太過的情形。

九五，枯楊生華，老婦得其士夫，无咎，无譽。——這是剛而持盈太過的情形。

上六，過涉滅頂，凶，无咎。——這是柔而妄想太過的情形。

大過是陽剛過「中」之卦，它借用此卦畫的形象及卦爻辭，引申發揮，而論述了陽剛一但越過「中」就是一個非常的行動，常有危險，因此當愼重，必須剛柔相濟，使人樂於順從，才能得到助力。不可拘泥於常理，應採取非常手段，但也不可過度自信，應結合一切力量；但也不可包容邪惡，被它牽累，雖然是非常舉動，手段仍應適中，才能贏得榮譽，不過非常行動往往是明知不可爲，而不得不爲，因而失敗，也無可奈何！

我們觀察六爻之義，大過者凶，不過者，吉。大過中亦有不過之道，是在人善於調和陰陽，歸於中正，不偏不倚爲貴。

心得記要

坎　☵☵　坎上 坎下　坎為水

【釋卦名】

坎：形聲，從土，欠聲，本義作「陷」解。乃高而入於下之意，因謂陷阱為坎，常指土之下陷而言，故從土，又以欠為張口歎息，土陷成穴，有地面開口意，故坎從欠聲。

卦辭

習坎有孚，維心亨，行有尚。

【語譯】

習坎是重習在險陷中，坎象水而陽陷陰中，險而又險，卦裡一陽為實，在重險中有誠信，惟有心誠如一，再付出實際的行動，就能出險而有

希望了。

【釋卦辭】

「習」是重習，「坎」是險陷，一陽陷於二陰之中，故稱「陷」，陽陷陰中，兩坎相重，險而又險。「有孚」，卦中一陽爲實而陰虛，是在重險中而有誠信。「維心亨」，惟有那一點剛毅之心能亨通。「行有尚」，以誠一而行就能出險，而必有功，是可嘉尚。

郭京《周易舉正》認爲坎前的習字上脫了一個坎字。坎，陰虛陽實，象徵心中實在，所以誠信，因誠信而能豁然貫通。這一卦，雖然是重重險難的形象，然而也惟有在重重險難中，才能夠顯出人性的光輝，這種超越重重險難，意志堅定而不退縮的剛毅行爲，是人性崇高的美德。

孟子《盡心篇》說：人的德行、智慧、學術、知識、經常是存在患難中，正是此意。同理，人自從乾坤相交以後，一點元陽走入坤宮，坤實而成坎，乾則變而爲離，於是陰陷其陽，天根隱昧而心交於物，性相近而習相遠，日習日下，陷於下愚不移之地，但是習惡就惡，習善則善，貴在學習而已，習惡的人，入於險道，習善的人，出於險道。要出險，一定得要能信其險，而信是心中的主宰，若能信險，則不爲外物所惑，習於善，便能善。所謂「一念回機，如同本得」就是這個道理。所以說，「習坎有孚，維心亨」，有孚即是心亨，不孚，心不亨，有孚之心，即是道心，道心發現，人心不起，正氣增長，邪氣漸退，可以出入於陰陽之中而不爲陰陽所拘限。但是，信其險須要習而出險，信而不習，就是和不信一樣，能信又能習，就不隱不瞞，眞履實踐，日習日善，自下而高，由卑登高，漸漸入於「行爲高尚」和「高明境界」。

大象傳

水洊至，習坎，君子以常德行，習教事。

【語譯】

「洊」是再，坎卦相重，象徵水相沓而來，盈科以進，不舍晝夜，所以是習坎，君子之學，誨以之，則不厭不倦，常德行者，月勿忘其所能，習教事者，溫故而知新。

【釋大象傳】

「水洊至」，水流仍然履至。「常德行」，常久其德行。「習教事」，習熟教令的事。

《說文》的習是「鳥數飛也」。數音ㄕㄨㄛˋ，一再重覆的飛翔，自然熟練，引申爲熟習的意思。水的常性是人類修己（行常德）、治人（習教事）的典型範例。成己是德行；成物是教事。德行不常，則大道難入；教事不習，則學人不悟，所以德行日就月將，溫故知新，愈久愈力，終將深造自得而後止。對於教事，漸次開導，明提暗點，愈入愈引，終至於學者通徹無礙而後已。德行是身心性命之學，最精緻，最細膩，毫髮之差有千里之失，惟有不斷的溫養學習，那麼窮理盡性至命，有所成，教事是承先啓後之事，最切要，最中肯，講論不明，誤人前程，惟有講習不斷，熟練曉喻，那麼探賾索隱，闡明幽微，物可以成器成才。但是教事本於德行，教事當教其德行之事。

爻辭

初六：習坎，入于坎窞凶。

【語譯】

坎卦的第一爻：險陷重重，竟掉入險陷深處，凶險。

【釋爻辭】

初爻是陷入危險的開始，柔弱無力出險，王弼說：「習坎者，習為險難之事也。」是說一個人想要過大河，首先必須熟悉水性，學會游泳，想要游泳，就要下水，從一點一滴學起。然而，初六柔爻居陰位，本身柔弱卻逞強，沒等學會游泳，就要泅水渡大河，結果一入水就沈到水底而遭凶。

初爻以陰柔居在坎險之下，柔弱無援，不能出險，反益深陷在深穴中，它是凶的。

九二：坎有險，求小得。

【語譯】

坎卦的第二爻：坑中處境險惡，經過努力，只能小有改善。

【釋爻辭】

當坎陷上下二陰之中，乃有險難的象徵，九是剛，二是中，以剛中之才，雖未能出險，亦能求小得。君子處險難而能自保者，剛中而已，「剛」才足以自衛，中則動而不失宜。

「求小得」，是比喻九二陽剛得中，雖處險坎，亦可以小求自濟。九二是剛爻，有奮發有爲致力於出險，但因陷於重坎之中，又一時還不能出險，僅有小得，而不能有大獲。

六三：來之坎坎，險且枕，入于坎窞，勿用。

【語譯】

六三爻：來到坑邊，坑非常危險而且一個挨一個，一不小心便會掉進坑的深處，切勿輕舉妄動。

【釋爻辭】

來之坎坎，「之」是往義，來往皆險，退與進都是險坎。「枕」，倚著未安的意思。六三陰柔，不正不中，而夾在上下兩個坎卦的中間，進退都是險，外臨險境，只好倚靠奸險之人，不知親近有道之士，終久陷於下而不能有成。

坎卦的第三爻，以陰柔在坎險，而不居中正，其退來與進往皆是險，所以來之坎坎，支倚而居險處，是不安之甚，進入了坎窞中的深地，是無有可用了。

六四：樽酒簋貳用缶，納約自牖，終无咎。

【語譯】

六四爻：身陷險境，一舉一動都須謹愼，就像偷偷地送飯，一杯酒瓦缶菜飯，悄悄地從窗口遞進去，結果沒發生不幸。

【釋爻辭】

「樽」，酒器。「簋」，竹器，用以裝食品。「貳」，代替。「缶」，瓦器，可以裝酒。「納約」，儉約的進納。六四上承九五當習坎重險之時，四以柔居柔，五以剛居剛，皆得位履正，剛柔各得其位，相尚以誠，相處以約，故其占爲終无咎。

意思是說：用瓦缶裝酒盛飯，這些儉約的祭品用來敬鬼神，且是窗户送入室内的，爲什麼不走正門呢？古代男子行祭神之禮可以走正門，六四爻陰位，代表女子祭神，只能從窗口送入不能走正門。坎卦的第四爻，居於剛（指九五）與柔

（六四）交際之道，六四陰柔無助，不能濟險，惟至誠信，用一樽之酒和簋裝著食品，又用缶裝得儉約的物品，從户牖上進納於九五王公的象徵，終究是沒有災咎。

九五：坎不盈，祗既平，无咎。

【語譯】

九五爻：積極創造條件，化險爲夷，就像前有險坑，剛好塡平齊滿，便無慮了。

【釋爻辭】

「祗」是適，剛好的意思（何楷）。陽剛中正有濟險之才，居尊位，有濟險之勢，時將出險，又有濟險之機。

坎卦的第五爻，居於二陰之間，陽剛中正，有才有位，當可以濟險，但他僅僅浮在水面上和水面保持平衡，從險境中浮上來，不久即可以脫險，所以無咎。就修養言，陽剛中正的本質，出自本性，實腹虛心，不滿不盈，不見惡於小人，也能不遷不流，所以無咎。

上六：係用徽纆，寘于叢棘，三歲不得，凶。

【語譯】

坎卦的最上一爻：陰柔居險極，陷得深，以致象徵用黑索捆縛，而置於牢獄裡，三年不得出，它是凶的。

【釋爻辭】

「係」，繫縛。「徽纆」，繫縛罪人的墨繩。「寘」，同置。「叢棘」，牢獄。上六居坎險之終，本有出險之道，但因其以柔爻居九五陽剛之上爲逆，於是便反其道而行，不僅不出險，反而設險阻止九五出險，處在至險之地，而失其道，所以遭凶。

小人本性亦是善，只因後天環境而未向善習善，自暴自棄，自縛自束，受惡人薰染而居於險地，如用繩捆之，終亦必亡，但如果能好好修道，自迷路，拜師求眞，亦可以了性命，求一出頭之明路。

坎卦義疏

坎卦是說明陰中返陽，突破艱險的原則，每個時機的吉凶不等：

初六：習坎，入于坎窞，凶。—這是愚而又習於愚的情形。

九二：坎有險，求小得。—這是剛而不知習善的情形。

六三：來之坎坎，險且枕，入于坎窞，勿用。—這是柔而祇知習惡的情形。

六四：樽酒簋貳用缶，納約自牖，終无咎。—這是柔而能習善的情形。

九五：坎不盈，祇既平，无咎。—這是陽剛中正而平和出險的情形。

上六：係用徽纆，寘于叢棘，三歲不得，凶。這是柔而不習終惡的情形。

這個卦，闡釋了突破艱險的原則，爻不分陰陽都有險陷，而陽剛處險而能出險，陰柔反而難出險。初六涉險入險而遭凶，九二陷入重險之中努力奮鬥只能有「小得」而未出險，六三前後是險而倚靠小人不能有成，六四投靠九五保護而不險，九五陽剛中正平和出險，上六本性愚柔又不習善終遭凶。觀此卦可知得失知進退，豈可不謹慎？

離 ☲ 離上 離下 離爲火

【釋卦名】

離的引申義是麗，離字在卜辭作[illegible]，象徵鳥在畢網之中，它是用畢捕鳥之形，與羅義同，離是麗的假借字，這是因爲罹字有附著的意思，而金文的麗作[illegible]，象燭台上火芒光麗的樣子，所以可以解作火（離卦象傳），荀爽注或解作明（大戴禮公冠篇）彖傳說：「日月麗乎天，百穀草木麗乎土，重明以麗乎正，乃化成天下。」說明天地萬物都得有所依附，才能構成秩序，宇宙依循一定的次序（麗乎正）才能成就文明，生生不息。

又本卦一陰附于上下二陽之間故有附麗之意。離中虛，爲火、爲日，故有光明之意。序卦曰：

陷必有所麗，故受之以離其象爲火，萬物皆有所附麗，人事亦然所以利於貞正，才得亨通，所以有附麗，光明的意思。

卦辭 離。利貞，亨，畜牝牛，吉。

【語譯】一陰附著在兩陽之間，利於貞正自守，必須正當柔順（像牝牛樣），才能吉祥。

【釋卦辭】離與坎正相反，一陰附於二陽中間，象徵火中間陰虛，外方陽實的卦形，而且火也附著在燃燒物上，天地間的物體，必定附著在某種物體上，始得以存在，但附著的對象，必須正當，所以說堅守正常才有利，才能亨通，母牛是非常溫順的動物，比喻柔順的德性，必須堅守正道，才能有利。就卦德而言上離明，下離明，由此明而及彼明，由彼明而達此明。明內而又明外，內明而又外明，千明萬明，總是兩明，內明外明總是一明，所以說內外兩明附著的離。而此明者在離宮則稱之虛靈之氣；在人叫人之神，在心稱心之主，所以心虛則靈，元神主事，明而得正，能拿來濟陽；反之，心亂則迷，識神主事，明而不當，足以傷陽。所以離利於貞而亨，但若祇知用明不知養，那明也不得亨。用明即是外明，養明即是內明。外明必本於內明，用明須當先養明。所謂「畜牝牛吉」，畜是養。牛是馴服之象說母牛是比喻，人絕不剛愎自用，本性至順，人若能以柔順養明，迴光返照，閑邪存誠，先明內而後明外，內外都明，虛靈不昧，無一物能欺瞞他，無一物能改變他，自明明德而止於至善，其吉何如？但明而致吉之道有火候、有工程，稍不謹慎，明而不亨，故明必至於內外無一不明，無一不正，這正是明之利、明之亨、明之吉。

大象傳

明兩作離，大人以繼明照于四方。

【語譯】

象辭上說：上下都是離明，這是離明兩作的象徵，大人法象比德，即繼此光明，將他的福澤德惠，廣照于四方之內。

【釋大象傳】

象辭說：離象徵一明而有兩個作用。日的運行，夜晚入地而內明，白天出地而外明。大人有見於此，知道人若不能內明於內，則必不能明於外，內先明而後明於外，繼其明而普照於四方。內於明是明明德，明其本來一點虛靈不昧之德而已。能虛便能靈，內德已明，誠於中而達於外，無物能瞞，無事能累。內外通澈，明而不息，才能止於至善。內明不是表示空空無爲即便了事，要能「照」亮，像日頭升虛空，下照萬物，萬物莫能蔽其明，才是眞明，若有些地方照不到，內心在些遮蔽，便不能算是內明而外明，又照於四方了。

爻辭

初九：履錯然，敬之无咎。

【語譯】

離卦的初爻：隨著一天實踐活動的開始，要應付許多事物雜錯而至的事情，在應付中應該敬重審愼，盡量避免出錯。

【釋爻辭】

「履錯然」，是足跡錯雜的樣子。「敬」，敬愼（程傳）之意。初九陽剛積極，在離卦的開始象徵聰明，又急於上進，在開始的時候，方向未定，橫衝直撞，腳步錯亂，有陷入危險的可能，所以說，在明之初，不知養明，而急於用明，錯然之履。不但不能進明，而且有以傷明。惟有行篤敬，博學之、審問之、愼思之、明辨之，自始自終，了然於心，而後篤行之，不含有腳步錯亂之咎，這是用明須當先求明。「敬」是養明德之本。人心之德，敬則明，不敬則昏，在應物之初而知敬，可以少咎。

六二：黃離，元吉。

【語譯】

離卦的第二爻：有得其中正的道理。乃文明中正美盛，是大善大吉。

【釋爻辭】

「黃」，是土色，土在五行的中行，所以也是中色。「離」是文明的象徵。

六二柔居中得正，黃中之色，文采之美，而有文明的象徵，是吉祥的。其吉在於能虛心下賢，求人之明。

九三：日昃之離，不鼓缶而歌，則大耋之嗟，凶。

【語譯】

離卦的第三爻：象徵日過中午向西偏斜，就如人當風燭殘年，不歡愉的度過（鼓缶而歌），便會徒自悲傷，必凶。

【釋爻辭】

「日昃」：日落、日西斜之意。「缶」（ㄈㄡˇ），瓦器，可以作樂器用。鼓缶而歌，樂其有常道。（程傳）「大耋」，人老衰終盡，傾沒之意。（程傳）「耋」（ㄉㄧㄝˊ），八十叫耋。「嗟」（ㄐㄧㄝ），憂嘆之意。

本爻陽爻陽位正當，但在下體離體之終，有日過中午向西斜的現象。象徵人只知用剛強之性，而不知用柔順之性，就如同只知用明不以養明，如此之剛明如同日昃過缶之明，事極必下，明極必暗。所以，人當風燭殘年，就當敲著酒罈高歌，歡渡餘年，樂天知命，否則難免自怨自艾，徒然傷悲，正如所謂：否極泰來；物極必反之理，這就是用明之際，若未養其虛靈之明，必定會自敗其明。

離卦予人的啓示，就是「不鼓缶而歌，則大耋（ㄉㄧㄝˊ）之嗟，凶。」這是不是獎勵人忘了憂愁而廢憂患呢？所以，定大器的不是為利，成大功不是為名，偉大聖哲的出生，都要作蒙昧人的耳目，作天地的日月，所以人憂他也憂，人患他也患，總是想天下的人都得到智慧的光，都脫出蒙昧。又老年對於妻、財、子、祿，還是牢牢割捨不得，放心不下；人生應優游樂其天年，鼓缶而歌，發憤忘食，樂以忘憂，不知老之將至；又是忘老，有此三忘，利慾終不能蔽此靈明，又再注意陶鑄一世之人才，有新的人才，即是新的智慧光明，此是重明，此是明的不息。明在開始不要急於自見，要敬慎其明，又要合於中道，以震萬物而發其光。故少不自奮，老不自逸，謂之下愚。明，是用不得躁的。深徹智慧的大明，在出涕戚嗟的憂患中，明亦要剛正以摧邪容眾。

九四：突如其來如，焚如、死如、棄如。

【語譯】

離卦的第四爻：突如其來的感受，象徵前一位明君崩逝，後者繼承，易被奸臣乘虛篡權，像這樣的奸雄，必然被焚、被殺、被唾棄，死無容身之地。

【釋爻辭】

「如」，有「樣子」「狀態」的意思。「焚如」，剛勢陵爍之勢，像火焚的氣焰（程傳）。「死如」，所行不善，必被禍害而死（程傳）。「棄如」，衆所棄絕（程傳）。象辭上說：突如其來如，是因無所容的關係。九四陽剛，可說是上體離卦主爻，因而強烈的壓迫陰柔的六五，有突如其來的感受，象徵前一位明君崩逝，新君迫不及待的附於王位，所以說突如其來，父死不哀，奪位而不待，其爲不孝子，終爲天人共棄。

人若秉剛強之性若無正念，則必也不能養其內明，只是意氣用事，即使要用其外明，也是突如其來之明是不實際，因其莫名求明則性剛故急躁，行爲偏頗任心妄作，必招來凶煞、焚如、死如、棄如，就像欲求長生反而喪失其性命，這種就是不知眞明卻自以爲明的情形。

六五：出涕沱若，戚嗟若，吉。

【語譯】

離卦的第五爻：淚流滿面，悲傷嘆息，處境雖然危險，日夜憂懼，但時刻警惕，便可以化險爲夷，故吉利。

【釋爻辭】

「出涕」，畏懼得深，以至流涕（程傳）。「沱若」，滂沱的樣子。「戚嗟」，憂慮得深，以至憂愁感嘆（程傳）。象辭上說：六五的吉利，是因附麗於王公的關係。居尊守中，有文明的德，但柔在上，下無助，只麗附於剛，所以畏懼得深，有流涕滂沱，憂戚嗟傷的樣子，幸而六五在外得中，以柔而中的性格，雖處外境危險，日夜憂懼，但也正因爲如此，時刻警覺，反能化險爲夷，所以吉祥。

上九：王用出征，有嘉折首，獲匪其醜，无咎。

【語譯】

離卦的最上爻：陽剛果斷，可以用兵，誅殺惡人，但不要濫殺無辜，殺其首惡，同黨不究，才能安邦正國，故無咎。

【釋爻辭】

「王用」，是王命。「折首」，折取魁首（程傳）：「醜」，類。（程傳）象辭上說：王用出征，是爲了除去民害，以正邦國。離卦的最上爻：以剛居陰位不正。不能得善終，但按卦例，凡六五承上九則有柔順君之崇尚賢人之象，而此卦的六五又確實是有柔中之德的新君，即新君委任上九之賢人去征伐不服之人。上九的位置高，也能夠明察到全體大用的每一角落，而且剛且明，明能照，剛能斷，即查邪惡，行威刑，王宜用如是剛斷，即行征伐，嘉獎能折敗群盜的頭，捕獲不與人民同類的惡黨，此舉是無咎的。

離卦義疏

離卦所象徵的明，是以六個不同階段的時、位、態、勢來表現人、事、物的生機變化。

初九：履錯然，敬之无咎。——此用明須當先求明。

六二：黃離元吉。——不明而求人之明。

九三：日昃之離，不鼓缶而歌，則大耋之嗟，凶。——此用明而自敗其明。

九四：突如其來如，焚如、死如、棄如。——此不明而自以爲明。

六五：出涕沱若，戚嗟若，吉。——此明而知己不明。

上九：王用出征，有嘉折首，獲匪其醜，无咎。——此明而至善無惡。

上經共有三十卦，始於乾坤，終於坎離。坎離可說是乾坤的體用。坎卦，一剛陷入二柔之中，是水是險，以二柔爲體，一剛爲用，是陽剛發揮作用之時，剛動而出險。離卦，一柔附於二剛之中，爲火爲日，以二剛爲體，一柔爲用，像日光與火焰，虛其中不用而有大用。六爻之中六二、六五兩柔皆得吉，而剛爻則不同，初九說「敬之无咎」，九三說「何可長」，九四說「無所容」，上九因受於「六五」才大有功。同理，人的躁氣如火，一有觸犯，爭強好勝，予聖自雄，肆無忌憚，如火惟炎上，古聖先賢教人懲忿，就是要懲此躁火而已。

國家圖書館出版品預行編目資料

話解易經／劉瀚平著. －－初版. －－臺北市：
五南,民85
冊；　公分

ISBN 957-11-1146-5（上經：平裝）. －－
ISBN 957-11-1147-3（下經：平裝）

1.易經 - 註釋

121.12　　85003667

1X98

話解易經（上經）

作　者　劉瀚平(361)

出版者　五南圖書出版股份有限公司
發行人　楊榮川

地　　址：台北市大安區106
和平東路二段339號4樓
電　　話：(02)27055066（代表號）
傳　　真：(02)27066100
郵政劃撥：0106895-3
網　　址：//www.wunan.com.tw
電子郵件：wunan@wunan.com.tw

版　刷　1996年　5月　初版一刷
2001年　11月　初版二刷

定　價　270元